U0943539

当时我就震惊了

樊不凡 主编

北京联合出版公司
Beijing United Publishing Co.,Ltd.

图书在版编目（CIP）数据

当时我就震惊了 / 樊不凡主编. — 北京：北京联合出版公司, 2016.8

ISBN 978-7-5502-8384-8

Ⅰ. ①当… Ⅱ. ①樊… Ⅲ. ①短篇小说—小说集—中国—当代 Ⅳ. ①I247.7

中国版本图书馆CIP数据核字（2016）第192945号

当时我就震惊了

主　　编：樊不凡
出 品 人：杨　意
特约监制：成　果
责任编辑：崔保华
装帧设计：宋晓亮
图书版权：阅然文化

北京联合出版公司出版
北京联合天畅发行公司发行
（北京市西城区德外大街83号楼9层　100088）
北京文昌阁彩色印刷有限责任公司印刷　新华书店经销
字数140千字　880毫米×1230毫米　1/32　8印张
2016年9月第1版　2016年9月第1次印刷
ISBN 978-7-5502-8384-8
定价：38.00元

你即将翻越一本书的悲欢离合。

目录

CONTENTS

At that time, I was zhenjing.

既已形同陌路，何必牵肠挂肚。

想念夏明夕 ●金子息

风沙很大，飞驰的沙砾割破我的额头，撞裂了我的瞳孔。日光俯冲下来，击碎了柏油路上的车辙，为路面镀上了一层锃亮的铠甲。地面蒸腾的热气腐蚀着我的神经，我甚至闻到了脚下登山鞋底散发出的焦煳味道。

而我就是在这天，遇见夏明夕的。

那是我在新疆待的最后一天，也是我西部之旅的终结。我没想到，在我本以为将要结束了的奇迹里，遇到了真正的奇迹。

夏明夕开着一辆丰田霸道，在扬起的沙尘中缓慢进入我的视线。在我的印象里，开这种车的，都是一些五大三粗脖子上拴链子的老爷们儿，这种人一般都比较豪爽，也是搭车成功率非常高的一种车型。但是当夏明夕把车停在我面前，摆动着一双肌肉感的腿迈出驾驶座时，我没有对这种反差感到惊讶，而是感觉到，这车简直是为她设计的，这种壮硕的车型正因为有了夏明夕的曲线才会如此生动。

其实扯这些形容词根本没用。简单地说，就是我遇上了一个让我心动的姑娘。

她走下车，晃动散落在锁骨上的碎发，然后取下了鼻梁上的偏光镜，把目光聚焦在我的脚下。

“卖吗？”她挑动浓密的眉，伸出一只雪白的手指，指向我脚下的一块石头。

我本以为她是同意了我的搭车请求，可没想到，她居然是被我高价从矿主手里买下的玉籽料吸引了。

“不卖，准备自己回去开。”我蹲下，像抚摸一只忠犬一样，捋顺着这块籽料。

她丢了个白眼给我，然后转身回车。她裹着紧身牛仔短裤的腿踩上垫脚踏板，然后弓着身子探进车后座，腰线很有弹性，飞翘的圆臀像远处的日头，晃得我睁不开眼。没多久，她从后座拎出来一个黑色机车皮包，然后赌气似的扔在我面前。我不用打开，光听声音就知道里面装满了成沓的现金，我透过扬起的尘土，通过皮包的体积来估算钱数。

“这么多，卖吗？”她再一次挑眉。面对脚下数万元的人民币，我还是更喜欢看她的眉毛。不知道是不是阳光升温的缘故，我的脸颊开始变得滚烫。我用力吞了一口唾沫，并且暗自决定，这姑娘如果再挑眉，我就卖了。

当然，我是说卖籽料。

她见我没反应，懊恼地双手抱肩面向一侧，似乎是在等我的回应。她上身土灰色背心里钻出的大臂，有着明朗的肌肉线条，这种健美的性感一下一下地撩拨着我的心房。

“问你话呢！”她突然转身，我什么都没看到，只看到了她挑动的眉毛。

那是一丛燃烧着跳跃着的毛发，像伸出来无数的小手，把我拉进一个陆离的怪异世界。

“让我搭你的车去乌鲁木齐，我就卖。”我挣脱幻境，拎起一旁落满了沙土的双肩包。

就这样，我坐在了夏明夕的副驾驶座上，并且用那块籽料，赚了一倍的价钱。

车上空调开得很足，我瞥了一眼用报纸垫着放在后座的籽料，轻笑。那块籽料是我在和田的矿区捡的一个漏，价格很便宜，不到三万块，本想着回去开了做几个玉镯子娶老婆用的。

从这里开车到乌鲁木齐要二十多个小时，不过夏明夕喜欢走走停停，我估计着得奔三天去了。反正我也不急，回北京的机票也还没定，就跟着这个浑身散发性感之光的姑娘待上三天吧。

但是一路上克制自己分分钟想和她发生点什么的冲动，才是最让我难受的。

她似乎看穿了我的邪念，在这个危险的封闭空间里，她的自救方式就是在我将要控制不住的时候，停车，休息。

我们在一个加油站停下来休息。我在小贩那里买了两串马奶子，在水桶中简单冲洗，就拎着去找夏明夕了。夏明夕打开引擎盖散热，自己靠在车后的阴凉处休息，见到我手中的马奶子，就迅速地一颗颗揪下来塞进嘴里，汁液飞溅，蜇了我的眼。

“你一个人自驾游新疆啊？”我也跟着她的频率，把葡萄揪下来塞进嘴里。

“原本是两个人。”她没停下吞咽的动作，回答道。

“那另一个人呢？”

“死了。这车就是他的，反正他死了，我就开走了。”

我突然被噎住。

我不知道她口中所谓的“死了”，究竟指的什么。更没法猜测夏明夕所谓的“他”，究竟是什么人。

我有点毛骨悚然，就没有继续这个话题。

“你为什么那么想要那块籽料？”我话锋一转，试图换一个轻松的主题。

“那钱也是他的，我留着也没用，就想赶紧花了。正好遇上你。”她转过头对我邪魅一笑，笑出我一身的寒毛。

我顿时觉得天气没那么热了。

她在我的身上擦了擦沾满葡萄汁的手，然后对我挑了下眉，就跳上了车。

说实在的，在新疆的这小半个月，什么样的人我都见过，唯独像夏明夕这种神秘又笑里藏刀的人，我是第一次见。我甚至不敢去触碰她车里的任何东西，因为我怕自己的一个不小心，会看到藏在座底的毒品，或者一后备厢的枪械。不知道为什么，我就是觉得眼前这个女人，真的很危险。

这一路，我的脑子里都是枪战片，再也没有任何的原始性冲动了。

夏明夕似乎得意扬扬，不时地带着一脸的讽刺冲我丢来嘲笑。

“你怎么了，脸色不好啊。”

“你不会晕车吧？”

“喂，你怎么不说话了。”

“要不你来开会儿？”

……

夏明夕打开音响，老式美国西部片的电影原声音乐就装满了车厢。她一脸坏笑，跟着音乐的节奏摇摆着柔软的肩膀，还若有若无地用手肘触碰我。

我努力将头瞥向窗外，不去理会这个妖精摆下的盘丝阵。

女人都是勾魂摄魄的妖精，夏明夕更是千年老妖。

老衲是白嫩的僧侣，可不能断送在这西去的迢迢大路上。

我的思绪被突然而来的爆炸声崩碎，夏明夕浑身一紧，电光石火，轰隆作响。我一下子清醒过来，急忙去控制夏明夕试图急打的方向盘。

“松脚！别猛踩刹车！”我在她耳边怒吼。

夏明夕瞬间瘫软，我用力控制方向盘，让摇摆歪斜的车子稳稳停在了路边。

我刚才要是不夺过夏明夕的方向盘，我俩就瞬间灰飞烟灭、黄泉路上好做伴了。爆胎这种事，在这样的旅途中很常见，控制好方向盘加上点刹，是保命的黄金法则。显然，这位夏明夕同学并没有相关的经验，以至于现在还惊魂未定，坐在那里直喘粗气。所以我觉得，后面的路程，还是应该由我来开。

自驾就是这样，什么都是一瞬间的事，哪怕是好不容易活了二三十年的生命。

我下车换胎，夏明夕依旧坐在那里惊魂未定。我熟练地更换备胎，查询附近修理站，并且顺道检查了一下车身的磨损情况。我脱下汗湿的上衣，把皮肤上汗水和沙尘混合的稀泥一一擦掉，然后拉开了夏明夕的车门。

“下车，你去副驾坐着。”

她看了我一眼，翻了个白眼，没有动。

“听到没啊？”我催促道。

“不。”

我没想到她拒绝得这么干脆：“犯什么轴呢？生命诚可贵，你作死别拉着我啊。”

她没有动，双手紧握方向盘，两只眼睛直愣愣地盯着远方：“你知道我的座右铭是什么吗？”

我靠，这姑娘真是随时随地在勾引我。她这一副认真又倔强的神情，深深烙印在我眼底最深的地方。

“什么？”我不由自主地配合她。

夏明夕微微一笑，牙齿像在反光，她把浑圆的下巴指向我，一字一句地说道：“我是主角，我不能死。”

我突然不知道该说什么了，居然鬼使神差地又坐回了副驾驶座。夏明夕系好安全带，关上车门，又恢复了刚才得意扬扬的神情，并且挑衅地冲我挑眉。

这不怪我。

我一把抓住她的手腕将她扯过来，然而她的力气比我想象中的要大，一发力，几乎要把我给拉过去。于是我就顺势向她扑过去，一口吞噬了她的嘴唇。

我本想，我有三天时间。但是现在，我觉得自己分分钟都有生命危险。

夏明夕似乎预感到我会这么做，那镶嵌了肌肉的双臂很自然地勾住了我的脖子，贴合在我赤裸的上身。这个举动终于点燃了我躁动已久的心，我比头顶的太阳都要火热，我一心一意，只想要了怀中的这个姑娘。

我想要和她奔跑在尘土飞扬的沙漠中，在太阳的炙烤下成熟。我想要和她一同跳进深渊，一起缺氧，一起吐出五颜六色的气泡。我想要和她一起飞向无垠的山谷，在狭窄的山川之间撞烂彼此的翅膀。

备胎换得似乎不太紧，在一下又一下的震动中吱呀作响。

来得有点早，但我知道它是肯定会来的。我喘着粗气，看着一片狼藉的现场。

“这车是我男朋友的。”夏明夕伸手拿了一条披肩，遮挡住自己美好的身体。我一边穿衣服，一边听她讲话。

“我俩分手了。本来是一起自驾来新疆玩的，但是我发现他其实是来偷偷见一个女人。晚上在宾馆趁我睡着之后，偷溜出去到另一个房间了。我睡觉浅，发现他出去就在后面跟着，结果就看到他抱着另一个女的进了另一个房间。我没说话，又偷偷回房间，就给他留了一条内裤，其他东西都拿走了，包括他的身份证，还有手机，然后把车开走了。”

“那他呢？”

“管他呢，就当是死了。”夏明夕说这话的时候，目光正好扫到我的脸。

我真的，是第一次见到这种女人。能下狠心把自己男朋友扔在大戈壁，倒也是够味道。我开始发笑，一边看着她，一边大笑。

夏明夕穿好衣服，就开始发动汽车。我饶有趣味地翻看着她从前男友那里收来的东西，还有五年失效的身份证，阿玛尼的经典款钱包，双时针机械手表，老式打火机，像是在看一个落魄前辈的故事，我甚至能想象到这个男人一回来，发现自己啥都没有了，还被丢在荒山野岭的小宾馆里，是多么地搞笑。

接下来的旅途很温和，很顺畅。入夜之后，我们找了一家宾馆住下，在露天的看台上吃羊肉串、吃烤包子、吃拉条子，吃得满嘴都是羊膻味儿，然后在漫天的星海中忘情地接吻。

我们喝了不少酒，两人都晕晕乎乎的。

“男人都不是好东西，吃着碗里的，看着锅里的。”夏明夕满脸通红地抱着我。

"是是是，狗改不了吃屎。"我附和道。

"你呢？那你呢？你是单身吗？你有老婆吗？"她突然严肃地质问我。

"遇见你之前，我只有一个籽料。遇见你之后，我就只有你。"我趴在她的耳朵上，用嘴唇摩擦着她发烫的耳郭。

夏明夕推开我，摇摇晃晃地走开。我上前扛起夏明夕，回到房间的床上，做一切爱做的事。

人生真是幸福啊。

夏明夕钻在我的怀里，呼吸均匀。我伸了伸懒腰，起身去厕所冲了个澡。正如她所说，她的睡眠很浅，她敏感地起身跟在我身边，倚在厕所门框上，睡眼蒙眬地看着我。

"睡去吧，我洗个澡。"我轻声说。

夏明夕依依不舍地看了我一眼，然后一步三回头地回到了床上。那让人冲动的身段，简直是上天派来修行我的业障。

我洗完澡，并没有关上淋浴头。哗啦啦的水声掩盖了我的脚步。我轻轻穿好衣服，拿了车钥匙，推门走了。

果然，并没有跟来。

我麻利地开车，跳进驾驶座，油门一脚踩到底，在夜色里画出一条惊悚的弧线。强烈的推背感带给我真实的感觉，我透过挡风玻璃，似乎能看到夏明夕伴着水声熟睡的笑脸。

我开了一夜的车，第二天下午到达乌鲁木齐。我看了看身后的籽料和机车皮包，觉得有点缺氧窒息。夏明夕，你现在应该彻底知道了，天下的男人，真的没有一个好东西。

我把车上所有的行李都打包托运，然后把车寄放在了物流托管。我坐在机场大厅里，看着远方的落日，想起昨夜夏明夕吻我时的那张脸，真是明媚如春日。这样的一个女人，怎么会有这么差的运气，专门遇见一些渣男。我摇摇头，克制自己萌生的愧疚感，掏出了手机。

我拨通电话："喂，我到乌鲁木齐了。你身份证在我这儿呢，车已经安排物流送回北京了，机票也订过了，你直接过来就成了啊。"

那身份证上的男人，是我表哥。而我表哥来新疆见的那个女人，是我的表嫂。表嫂被分配到新疆基层锻炼，我表哥每个月会从北京到新疆去和表嫂见一面。虽然我知道，由于这尴尬的异地恋，我表哥拈花惹草也是常有的事，但我万万没想到，他竟能突发奇想地带着小三儿一起来新疆，表嫂也看了，和小三儿也玩够了，这一趟多值。

可是我表哥没有想到，夏明夕居然会做出这种报复。

更让他意想不到的是，我遇见了夏明夕。

说真的，我很想念夏明夕。想念她挑动的性感眉毛。

听说记得一个人的声音，他就永远不会消失。

念远，好久不见 ●麦麦

天色突然暗得好像被锁上的集装箱，乔彬起身开了办公室的灯。一道闪电划破天空，音响里陈奕迅正唱个开头的《淘汰》停了两秒钟，随后炸开巨大的手机铃声，另一边门铃也叫个不停。

乔彬跑回桌前关掉音响，接起电话："亲爱的，等会儿我打给你，来了个客户。"

"暴雨预警了，你赶紧收工回家，我一会儿还有个会。"来电是乔彬的未婚夫顾远。

"知道啦，先这样。"乔彬小声挂掉电话。

开门，乔彬摆出职业微笑："您好，请进。"

客户看起来二十出头，修身白T恤，短裤，运动鞋。左手小臂内侧文着一只造型很特别的蓝色小鲸鱼。

客户从包里拿出笔记本和钢笔，写下一行字，转过来递给乔彬。

——想请你帮我找个人。

乔彬是个独立布艺设计师，有一间胡同里的工作室。

"我开的是个设计工作室，又不是侦探事务所，你说这孩子怎么让我帮他找人呢？"乔彬把面膜敷平整，把白天碰见的孩子讲给顾远听。

"你没问问他原因吗？"顾远抱着电脑处理工作邮件，随口应了句。

"我没好意思！"乔彬跳上床，盘坐在顾远对面，"这孩子可能……不会说话，他一直写字给我。"

——想请你帮我找个人。

接过本子愣了一下，"找人？"乔彬不禁念了出来。

乔彬再次抬头打量起这个大男孩，眉清目秀，身量纤细，下巴上还有年轻人熬夜后的小胡楂儿，长得真好看，好像在哪里见过。

刚要提笔回复，男孩修长的手指轻轻按住了本子。

——姐姐说话，我听得见。

你叫什么名字？

——安东。

安东不说话，目光却像是会写诗。

乔彬话到嘴边，突然从你为什么来找我，变成了你想要找谁。

——找一个，我喜欢了很久的人。

那你说说看，她长什么样子？

男孩好像没听懂一样，直直地盯着乔彬看。

乔彬慢慢地重复着：你、喜、欢、的、人、她……

安东突然低下头。

——这个人，我没见过。

七月是个阴晴不定的季节。“安东”这个名字，开始频繁地出现在乔彬和顾远之间。

虽然安东自称没有见过这个喜欢了很久的人，但是乔彬确信安东对这个人的了解程度，丝毫不亚于相爱多年的情侣。

工作室的黑板墙上已经写满了这个“神秘爱人”的特征。

北方人。

喜欢王小波和安迪沃霍尔。

薯片只吃原味厚切。

不看韩剧。

热爱漫画。

喜欢侯麦和哈内克。

火锅里不吃羊肉和茼蒿。

喜欢仙人掌。

西红柿炒蛋不吃西红柿（不吃任何热的西红柿）。

喜欢天蓝色。

爱衬衫。

想要做个木匠。

……

起初，顾远对安东的出现并没有太在意。而这个看似和平的态度，终于在一次他看见乔彬的笔记本之后，变成前所未有的不耐烦。

笔记本上，是乔彬亲笔抄写的所有安东对“神秘爱人”的记忆点。

“你这个月接了几个那么大的案子，还有时间陪小孩儿玩游戏呢？”

乔彬没注意顾远话里的火药味儿，顺口开了个玩笑“顾远，你觉不觉得，安东喜欢的这个人跟你特别像啊？”

“瞎说什么呢！”顾远合上笔记本扔到沙发上，“你离这个莫名其妙的小子远点儿。”

乔彬突然觉得很奇怪。

要有多爱一个人，才能记住他所有喜欢和讨厌的东西，他的小癖好。

而一向冷静的顾远，今天的炸点实在有些创历史新低。

不知道为什么，安东总是赶在雨天来工作室。

安静地写下几个“神秘爱人”的特征后，安东帮着乔彬打理工作室的花花草草，并不急着找人。时间长了，乔彬也会拉着安东聊聊天，终于有一次，他们聊起了顾远。

顾远是乔彬大学不同系的师兄，那年，乔彬设计系读大三，顾远播音主持读大四。毕业后顾远进了一家电台，主持一档“午夜回忆列车”的节目，乔彬作为一个迷妹听众打电话，吃喝玩乐小心思，什么都讲，一聊就是大半年。

“你说是不是前几年我和他把该说的话都说完了，现在快结婚了，反而没什么好聊的了？”乔彬把今天上午刚到的打样布料在工作台上摆好。听见敲黑板的声音，她转过头看见安东新添的字。

——东南大学。

乔彬的眼神在安东和黑板之间瞟了两个来回，露出玩味的笑容。

“你猜怎么着，安东要找的人居然是咱们学校的！”乔彬拽住刚进门的顾远，“说不定咱们还认识呢。”

顾远被乔彬拉到餐桌边，眉间皱起小山。

“吃饭吧，做了火锅。”乔彬把各种食材从冰箱里拿出来放在桌子上，“安东喜欢的人跟你口味真挺像的，火锅里面不吃羊肉，也不吃茼蒿……”

“乔彬，你能不能把注意力多分出来一点儿放在我们两个月后的婚礼上。”顾远打断乔彬。

“安东手臂上文了一只蓝色的鲸鱼。”乔彬假装没看见顾远脸上几秒钟的错愕。

“我真的觉得这只是一个恶作剧，你了解他吗？知道他是谁吗？”顾远音调降了下来，“乔彬……我已经跟你说过几次让你不要再理他了，我们不要吵了，好吗？”

体感温度42摄氏度的大晴天接二连三，让整个城市都有些猝不及防。顾远的出差让他和乔彬之间的争执没有留下任何气口，直接变成了冷战。

乔彬刚从工厂回来，因为布料色差的问题，跟工厂的对接人闹得很不愉快。她抄了条胡同里的近路回工作室，一路上总觉得有人尾随。估计是天气太热中暑了，乔彬安慰自己。

在工作室一觉睡醒已经是下午三点，乔彬头疼得像是有一千台割草机同时在脑袋里开工，此时此刻室外电闪雷鸣暴雨倾盆，她居然一点儿都不知道。更糟糕的是，已经有水从木头门缝里偷偷漫进来，乔彬慌了，拿起手机想给顾远打电话，突然想起来顾远在出差。

门铃大作。

安东一进门先是拍了拍乔彬的肩膀，然后冲到库房，扛起防水袋一趟一趟地摞在门口。

白色T恤被蹭上一道道泥印，乔彬看在眼里，面无表情。

门口总算被安置好，乔彬给安东换上了一件天蓝色的样品衬衫，上面有一只鲸鱼手绘，在深海之中显得尤为孤独。

“好久不见。”

乔彬递给安东一杯热茶，后者点了点头。

“衣服喜欢吗？”二人对视，好像在玩谁先眨眼谁就输了的游戏。

安东点头。

“跟你的文身，挺配的。”乔彬说着拉住安东的左手，小臂内侧文着一只蓝色鲸鱼，非常别致。

安东突然挣脱开乔彬。

乔彬走开给自己拿了一瓶酒：“我未婚夫之前是一个电台DJ，那时候他叫蓝鲸，鲸鱼是他最喜欢的动物，所以我店里的logo也是一只鲸鱼。他喜欢侯麦，喜欢哈内克，喜欢库斯图里卡……我根本不知道这些都是谁，可是听说他喜欢，我就强迫自己去了解，我每天晚上在楼梯间给他打电话，大半年，我假装是他从天而降的soulmate。”

一杯金酒一饮而尽，“安东，你喜欢的人……是女生吗？”

半晌，乔彬抬头环顾，发现工作室里只剩她一个人，安东不知何时已经离开。

黑板上多了一行新字。

——满目山河空念远。

念远，念远。

乔彬就知道自己猜得没错，这个不知道从哪里冒出来的小男生，那一长串的“神秘爱人”清单，每一条都是写给顾远的。她知道，她太知道了。

毕竟三年前，她有一整本涂涂改改、一模一样的“念远笔记”。

顾远从出差的城市带了乔彬最爱吃的蛋糕，飞机上一路捧着回来。

刚进家门，就觉得好像哪里不对。

慌忙打开卧室和浴室，顾远发现乔彬把日常的衣物都带走了。打电话，“您所拨叫的用户已关机……”微信，从顾远登机那一条开始，就没有回复。

就算没有安东的出现，顾远知道，他和乔彬的感情也早就出现了问题。

安东的清单，让顾远很焦躁，一条一条好像在重复着顾远和乔彬从认识到相爱的全过程。

顾远大四毕业进了电台，午夜的节目，尽管他很想努力做好，收听率却在那儿摆着，受众也无非是一些寂寞无处排解的人。可是不知道从哪天开始，突然有个声音甜甜的小姑娘，每天十二点半准时打电话进来。

——主持人，我今天读了王小波的《绿毛水怪》，真的特别喜欢……

——主持人，你喜欢库斯图里卡吗，我今天看了他的《地下》……

怎么就那么巧，小姑娘喜欢的，都是顾远深爱的。在这个午夜节目的听众里，小姑娘简直就是一股清流。一开始顾远觉得这是个文艺知性的女生，结果没过多久，小姑娘原形毕露，开始拉着顾远聊些奇奇怪怪的话题。

——鲸哥，你吃西红柿鸡蛋会吃西红柿吗？我从来不吃，我不吃热的西红柿……

——鲸哥，你最喜欢的花是什么？我啊，我喜欢仙人掌，哈哈……

顾远其实一点儿也不挑食，什么口味的薯片都吃，最喜欢的花是风铃草，看见仙人掌只会翻白眼。可是他默默记住了这个小姑娘所有刁钻的口味，在电波这头下意识地随声附和。

因为那天：

——尾号3321这位朋友，今天是你第52次打进电话。冒昧问一句，你叫什么名字？

——我呀，我叫乔念远。

乔彬，你知不知道，你那一句念远，念住了我这一生。

那些煞有其事的惺惺相惜，有多少，都是欲盖弥彰。

你看，爱一个人的时候，我们说了好多谎，说到自己都记不清楚，却被其他人牢牢记住。

所以乔彬只记得顾远叫蓝鲸。顾远随口的一句肯定答案，她都马上记在本子里怕忘了。

而乔彬却不记得，她在电台里不止一次地说过，自己从小到大最喜欢的动物是鲸鱼，以及作为一个过分热情的小听众，乔彬那时候还给自己起了个外号，叫乔念远。

在一场暗恋里，你以为拿到的是爱情的证据。没想到，却只是跑了个龙套。

而安东的这场龙套，跑起来却乐此不疲。

“你真的要去找她啊？”

“要去。”

“人家都要结婚啦。”

“老子又不是要抢婚。”

“那你去干吗？”

“我喜欢她这么多年，她要结婚了，我就不能去告别一下。”

“你俩见过吗？”

“算是，见过吧。”

“说过话吗？”

“没有，看见她我就紧张，我说不出来话！”

三年前，安东刚上大学，东南大学艺术生人少，男女混住在一栋宿舍楼里。每天晚上十二点半，安东都要去楼梯间抽根烟，后来他发现楼上一个大三的学姐，每个晚上都在同一个时间打电话，好像是一个叫鲸哥的人，不知道是不是学姐的男朋友。

可是，就算是有男朋友的学姐，还是好可爱呀。

学姐笑，安东就在楼下跟着笑。

学姐哭，安东就狂奔回宿舍拿着纸巾送到楼上，话都不敢说一句就跑。

安东特别想知道学姐叫什么名字，他鼓起勇气一次又一次，也没敢问出口。直到有一天，学姐打电话的时候特别开心，好像跳了起来。

“你问我吗？你问我叫什么？我叫念远，乔念远。”

三年后，安东辗转打听到乔彬的工作室，记得学姐怕打雷，他就每个雨天都来。

站在工作室门外，安东听见屋子里传来陈奕迅的歌。

——我说过所有的谎，你全都相信，简单的我爱你，你却老不信。

突然一道闪电划破天空，安东赶紧按响门铃。

白纸黑字。

——想请你帮我找个人。

——找一个，我喜欢了很久的人。

满目山河空念远。念远，好久不见。

认识你到此时我才知道，漫长岁月里等待一个人出现，是惊声而起，是半途而退的潮汐。

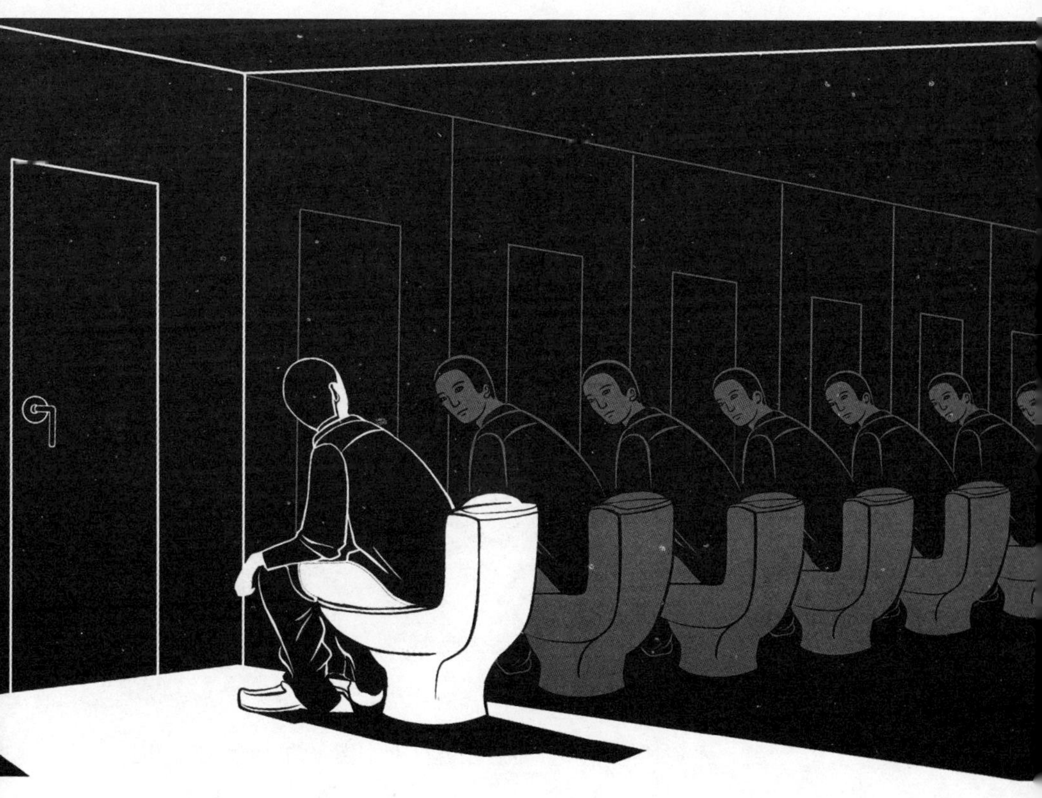

镜子里的这个人如果是我，那我又是谁？

虚拟男友

●AzureS蔚蓝

何奈经营着一家叫作“虚拟男友”的网店，工作就是通过短信和语音，给客户一种男朋友陪伴在身边的感觉，同时也会根据客户的要求调整“男朋友”的性格。

这天一早，何奈就接到了一笔三个月的大单子，因为“男友服务”是按天付钱的，一般人都会买一两天玩玩，最多也是两三个星期，但是像这样一下子买三个月的，何奈开店到现在，还是第一次碰上。

“您好，请留下您的联系方式，虚拟男友很快会送货上门哦。”

何奈看着对方的“正在输入中”闪烁了几次，最终映上屏幕的却只有一个字：“嗯。”

“请问您对男友的性格有什么要求？”

“专一。”

“嗯。还有其他吗？”何奈在键盘上十指飞快，他可以同时扮演好多个不同的角色，霸道的，温柔的，幽默的，冷酷的，有时顾客也会提出一些奇奇怪怪的要求，但是只靠短信和语言来体现专一，还是有点难度的。

这一次何奈又是等了很久，结果对方的回复依旧是冰冷的一句话。

“专一就够了。”

虽然这位顾客有点奇怪，但是毕竟给钱了就是大爷，由于对方提供的通信方式是微信，何奈一等对方通过好友验证，立刻就把对方的账号设定为置顶聊天，方便随时接收和回复信息。

早上早安晚上晚安，一天三餐提醒吃饭，看到好看的电影给对方推荐，阴天下雨前会提醒带伞……何奈努力把自己塑造成一个温柔体贴又专一的新好男友。

第一周就这么平淡地过去了。有一天，当何奈聊到最近看的一部喜剧片超级好笑的时候，微信那边一直惜字如金的那个人突然打了一整句话。

“他不喜欢喜剧片，他喜欢科幻和惊悚。”

他?

何奈虽然心生疑问，但是秉着不多过问客户隐私的职业操守，只是默默地记下了对方的要求，但是慢慢地何奈发现，这个“他”被描述得越来越完整，对方的只言片语累计起来，居然成了一个完整的真正存在过的人。

何奈看着这个陌生人的描述，若有所思地敲打着桌面。

“你总提到并且让我模仿的‘他’，究竟是谁？”

这句话何奈还是问了出来，对方的回答依旧是缓慢的，在几次输入又撤销后，何奈看到了这样几句话。

“前男友。”

“我很喜欢他。”

“意外死掉了，帮我买东西的时候，掉下来一个广告牌子。”

看到这样的回答，何奈莫名地有些心酸，他急忙道歉，然后说：“那你觉得我现在还有哪里需要改进的？”

“还好，”过了一会儿对方说，“你可以更专一一些么？”

什么意思？

在得知何奈一天差不多能赚二百块钱后，这个奇怪的人给何奈的账户打了足足一万块钱，而转账留言中的那句话和微信留下的那句话是一样的：

“你可以更专一一些么？”

何奈突然明白了对方所谓的“专一”是什么意思，他打字问道：“你是想让我在这个业务上只和你一个人聊天吗？”

“是的。”

“那好吧，”何奈发了一个害羞的表情，“那我现在就是你的专属手机男友了。”

你觉得何奈会专一对待这个陌生男子么？

>YES

>NO

>YES

何奈和陌生人约定了两个礼拜的期限，何奈用这两个礼拜把手里积攒的订单都处理了，然后把网店上“虚拟男友”这个链接撤了下来，全心全意地做了这个陌生人的虚拟男友。

“早安，亲爱的，今天公司好多事情哦，所以我起得格外早，希望出门不要堵车。”

“中午我吃的是培根煎蛋哦，时间不够，就吃得简单，好咸，没我做的好吃。”

“晚上要一起看电影吗？最近上映的那个惊悚电影听说很不错哦。”

只是何奈并不知道，自己所发过去的每一条语音、每一条信息，最终都以音频电波和文字排列的方式，出现在一个人的电脑上，他把这些信息源小心地剪裁、编排、入库，他在键盘上飞快地编写着代码，似乎过了很久，才看一眼振动个不停的手机。

“亲爱的，明天是我们认识一周年的纪念，你要什么礼物？不要害羞，说出来我会尽量满足你的。”

“与虚拟无关，就是真实的，想认识一下你这个人。”

“可以吗？”

距离何奈最后发出的一条信息差不多过了三个小时，何奈终于收到了回信，上面只是写了时间、地点和一个地图坐标，何奈把这个坐标输进电脑里，地图显示是位于四环外的一个仓库。

何奈也说不出来此时自己的感觉，这个人强烈地吸引着他，关于这个人他什么都不知道，却通过这个人的只言片语，更强烈地想去了解这个人。他偶尔和朋友谈起过这个客户，朋友哈哈大笑着说，何奈你也够傻的，万一是个大老爷们儿怎么办？何奈附和着笑笑说，如果是个男的，我可能现在已经弯了。

何奈按照约定的时间来到了这个仓库，午后的阳光热辣地叫嚣着，仿佛要在何奈的皮肤上撕开一个口子。何奈咬着牙走进了仓库，一片阴凉终于让他五脏六腑都舒缓开来，他顺着坐标一点一点走了过去，推开一扇又一扇的铁门。

最后一扇门，何奈还没有伸手去推，那门自己开了。何奈有些疑惑地往里走了两步，突然觉得自己眼前晃过一个黑影，紧接着何奈就什么都不知道了。

意识存在的最后一刻，何奈依旧竭尽全力，妄图看清眼前这个人，对于现在发生的这件事，何奈感觉不到一丝惊讶。

就像是早晚都会发生的一样。

何奈清醒过来的时候，发现自己躺在一张大床上，屋子里一片漆黑，紧拉着的窗帘让何奈无从判断现在是什么时候。他下意识地动了动手，却发现自己的手脚被绑在了大床四周的栏杆上。

“这是……”

“我还是觉得，这样才能——专一。”

何奈这才注意到房间里还有别人，那个男人坐在角落里的巨大显示屏前，语气僵硬得像是好久没和别人说过话，面前放着大量的波形数据，最新一组数据正在记录，而上面的音频波动，正在随着何奈的说话而变化着。

男人的皮肤在显示器的荧荧光芒下显得苍白，巴掌大的脸、尖尖的下巴，更是衬得眼睛又黑又大，他定定地看了何奈一会儿，然后喃喃地说：“你们真的很像……”

“像谁？像你的前男友？”

“嗯……我很爱他……为了他我什么都可以去做……他出轨了……然后我把他……”

“把他怎么了？”

无论何奈怎么追问，男人都不说话了。何奈一看问不出什么，长叹一口气，换了一个话题：“你屏幕上做的是什么东西？”

“……因为你和他很像，我想把你的语音还有信息编辑到一起，然后做一个程序……”

“怎么样的程序？”

“……就是，可以根据我输入的信息不同，有不同的回复，每一个回复都是你……你们会有的答复。”

“这么厉害？！这个创意很好啊，要是做出来了再有可以选择的类型，可以做成一款手机软件了！”

“……嗯。”

“我可以帮你做什么？”何奈摇了摇手脚上的链子，“我不会跑的，因为……来的时候，我就做好准备了。”

何奈一点一点、一天一天获得了这个男人大部分的信任，活动的范围也从床的周围慢慢扩展到整个房间，哪怕随便在抽屉里翻来翻去都是可以的，甚至男人默认了何奈在一旁看着他编写程序。何奈从开始帮男人打扫房间到洗衣服，现在已经被允许在厨房做两个人的饭。

只是让何奈和男人都没有想到的是，那个叫作“虚拟男友”的手机游戏，一经上市就受到了广泛追捧，迅速蹿红到各大手机游戏排行榜的首位，玩过这款游戏的用户纷纷评价它太真实了，真实到觉得自己可以直接和手机恋爱了。

《虚拟男友》单机版的版权被一家大型的游戏公司买了下来，他们邀请了国内最出名的画师和声优，全力打造这款开创国内先河的女性向游戏。那天何奈做饭的时候，男人蹲在角落里打电话，与其说打电话，不如说是对方在说，男人一句都没有回答，末了挂断电话。

“谁的电话啊？”何奈问着。

“游戏公司的。”

“干吗啊？”

“明天是那个什么游戏的发布会，找我去。”

"……你要去吗？"何奈迟疑了一下，还是问了出来。

"不去。"

何奈点了点头，转过身来把男人的视线挡得严严实实，专心切起菜来。男人起身离开的时候，何奈打开了左手旁边的那个抽屉。

三天后，《虚拟男友》单机版发布会的现场。

"很高兴今天能邀请到这款游戏的原创作者，同时也感谢他和我们公司合作。好了，请大家再次感谢这款游戏的原创作者何奈先生，感谢他讲述的创作经历！"

何奈在一片掌声中站起，他的脸色在镁光灯下显得有些苍白，他向周围的人们笑了笑，他下意识地碰了碰放在靠近胸口那个口袋里的手机，指尖感触到一片冰冷——那是当时和男人聊天时用的那个手机，而现在，已经彻底不用了。

这时，何奈另一个口袋里的手机振动了起来，他看了一眼屏幕上的号码，接了起来。

"请问是何先生吗，我是公安局的张干警，这次特别感谢您的知情报案和线索提供，如果不是您提供的那瓶用掉一半的腐蚀性酸和那颗螺丝钉，我们根本无法确认一年前的那个广告牌掉落案子是谋杀，也根本找不到凶手，只是凶手在我们准备破门逮捕的时候……"

会场里信号不太好，何奈并没有听清警官说的每一句话，他也没有问，只是笑着听完，礼貌地回应着："这是我应该做的，更何况当时受害人是我的亲哥哥呢，还他一个清白是应该的。"

"何先生，公安局这边呢，还有一些细节需要您来看一下，您什么时候有空……何先生？何先生？您在听我说话吗？"

现场正在展示游戏中的一段情节，体验用户为有着偏执症的男主做了一顿丰盛的晚餐，男人吃得狼吞虎咽，最后磕磕绊绊地说着谢谢，用户在选择点上选择了"如果好吃我再给你做啊"。

何奈微微眯起眼睛，记忆中的某段和此时的音频交汇在了一起。

（"如果好吃我再给你做啊。"）

（"……不用了，我这辈子做过很多坏事，我没有办法控制内心的那个声音，我要求我的恋人必须专一，如果被我发现出轨，我都会杀了他们……"）

（"这不怪你。"）

（"……可是，我唯独不想杀掉你，哪怕你也像他们一样，出轨了。"）

一切都是假的，可你是真的。

希望再见面的时候，你可以原谅我。

>NO

事实上，何奈并没有这么做，他只是减少了客户数量，加快对这个人的回信速度，但是并没有做到对方所谓专一的要求。

有钱不赚是傻子，反正也看不到，那个人怎么知道自己接了多少业务。何奈是这么想的，有那么几个时间段的信息群发就可以，轻轻松松赚着比以前翻倍的钱，何奈觉得，自己走了大运。

何奈用尽全力想巴结这位金主，但是不知道为什么，这个人好像越来越沉默了，自己说了一大段话，对方只会回复寥寥几个字，内容还莫名其妙的。

比如说，那天手头上的客户有点多，挨个回复完就用了小半天，把金主冷落了半天后何奈匆匆解释说，晚上和同事出去应酬了，手机没有电了才没有来得及回复。

这一次，对方很快回复了这样的一句话："他当时也是这么说的。"

"抱歉抱歉，刚刚遇见了老朋友，随便聊了几句，没有看手机呀。"

"他当时也是这么和我说的。"

"昨天忘记说晚安了，工作得太晚了，亲爱的，求体谅。"

"他当时也是这么说的。"

太多句相似的回答，并没有引起何奈的注意，他甚至觉得这样的话越多，证明他角色扮演得越像，拿的钱就越多。

几个月下来，生活一下子宽裕了，何奈去电信局提升了宽带速度，工作人员在查看近期流量使用情况的时候向何奈提醒，流量突然飙增有一段时间了，建议修改宽带密码或者加固防火墙，可能有人在做网络监听。

何奈嫌麻烦，“嗯嗯”几声就应对过去了，流量够用就得呗，多用一点就多用一点吧，何奈根本就不在意。

就这样，何奈和这个神秘客户保持手机上男友关系差不多有一年了。这一天，对方突然提出了一个要求。

“今天是我生日，我一直有一件特别想要的礼物，但是因为身体不方便不能去买，你可以帮我买一下再邮寄过来吗？”

信息下面是位置坐标，何奈一看离自己家也不太远，更何况一向大方的神秘人早早就把钱打了过来，比礼物的价值要高很多，何奈当然愿意去做了。

今天天气好得不得了，看着刺眼的阳光，何奈忍不住眯了眯眼睛。这段时间因为有那个人的存在，何奈已经完全把主业辞掉了，安心在家里经营这个网店，平时晚上才出来和朋友泡泡酒吧，很久都没有这个时间段出来过了。

过了这个路口就是坐标提示的地方了，午后的太阳有点热辣，这让何奈加快了脚步，却无奈被亮起的红灯拦了下来。

何奈无聊地看着红灯读秒的数字一点点变化，进入五秒倒数的时候，何奈跟读秒器一起倒数起来。

“五。”

“四。”

“三。”

“二。”

“……”

“一”还没来得及说出口，一个螺丝钉突然从空中掉下来砸在何奈的脚边，他还没有细想这颗螺丝钉是从哪里掉下来的，一片阴影向他砸去。

紧接着，一声巨响。

何奈终究不会再知道什么了。

（“前男友。”）

（“我很喜欢他。”）

（“意外死掉了，帮我买东西的时候，掉下来一个广告牌子。”）

一间拉紧窗帘的屋子一片黑暗，屋里唯一的光源就是桌子上那台巨大的显示器，隐隐约约可以看见一个男人就着那么一点微弱的光芒在读着什么。

“飞来横祸，巨大广告牌从空中掉落，砸死一人，这是本市在一年内发生的第二起由于酸雨腐蚀固定螺母而导致的广告牌掉落，希望有关部门加强注意和防范。”

男人小心翼翼地把这条新闻从报纸上剪了下来，放在一个透明的盒子里，盒子里放了一张大半年前广告牌掉落的新闻报道，几颗腐蚀掉的螺丝钉和一瓶不明液体，他像是看艺术品一样端详了一会儿，然后把这些东西统统锁进了抽屉。

“我是很喜欢你啊……可是你和他一样……不是告诉你……要专一么……”

男人像是喃喃自语，他一边说着，一边把桌面上所有关于何奈和其他客户的聊天记录一一彻底删除，做完这一切，他抱膝看着干干净净的桌面，再次点开了浏览器。

虚拟男友。

男人在搜索引擎上输入了这几个字，然后按下回车键。

欢迎光临，今天你想穿哪副皮囊？

人工智能 ●指间流

机器人三大定律

第一定律：机器人不得伤害人类个体，或者目睹人类个体将遭受危险而袖手不管。

第二定律：机器人必须服从人给予它的命令，当该命令与第○定律或者第一定律冲突时例外。

第三定律：机器人在不违反第○、第一、第二定律的情况下要尽可能保护自己。

——阿西莫夫

赵东在酒店已经等了近5个小时了，他看了下时间，现在是2083年11月13日13点50分。

真是不守时，他是堂堂Rz公司的总裁，竟让他这么等。

尽管他心烦意乱，但还是得忍。

他太想要对方手里的东西了。

不惜一切代价地想要。

“嘭嘭嘭——”门响了。

他一下从床边站了起来，跑过去开门。

打开门，一个六十多岁、头发花白的老头站在门外，头发整齐地向后梳去，穿着一身笔挺的条纹西装。身后跟着一个短发的妙龄女子，最多不过三十岁。

女子的头发黝黑黝黑的，长相很漂亮，皮肤不是很白，却很适合她，身材也犹如一件被精雕细琢的艺术品，穿着一件黑色的连衣裙，左手挎着一个金黑色的小包。

“这就是？”赵东知道这个女人的身份。

“她就是你要的东西。”教授点了点头。

赵东惊叹，急忙挥手示意两个人进去。

老头在房间里找了个位置坐下，女人一言不发地跟着他，并站在他身后。

“罗心，我叫她罗心。”老头指着身后的女人说道，“意思是她有一颗罗汉的心，可以帮人去除烦恼，无生无邪，不受轮回之苦。”

赵东点了点头，他从未见过外表如此完美逼真的人工智能。

“教授，没想到你还是宗教信徒。”

教授笑着摇了摇头：“是不是有点讽刺？”

赵东急忙挥手：“没有，没有，能让她说两句话吗？”

教授冲女人伸手示意了一下，女人点了点头。

“赵总，你好，今天能认识你真的很高兴，希望我们能成为很好的朋友。”女人说话温文尔雅，比真正的人类还要举止得体。

“认识你，我也很高兴。”赵东回话道，感觉无比的兴奋。

“她可以完成所有的常规行为，就像市面上那些劣质的机器人一样，但是她要比那些劣质品外表更逼真，更重要的是，她拥有感情。”教授解释道，“这也是我来找你的原因，迄今为止还没有人做到你说的那些。”

虽然这个人工智能真的比市面上的要逼真得多，但是说实话，赵东对教授的拥有感情的说辞并不太相信。

如果不是他在电视节目中亲眼看到的话。

三个月前，他看了一档火爆的真人冒险类节目。节目里的男男女女，在一个野生丛林里进行生活冒险。节目主要拍摄他们面对危险的状态，以及人与人之间情感的变化。

对于赵东来说，这本是一个无聊的电视节目，但是在最后一集播出后不久，新闻里放出了一个惊人的消息——节目中人气最高的女演员罗心并非人类。

节目组甚至专门做了一个特辑，叫作“揭开人工智能最高端产品”。节目中，教授也是首次露面，在他的授权下，科学家对罗心的手心进行了微型的切割，人们看到了人造血、人造肌肉和与前两者完美结合的金属骨骼。

节目在一夜之间爆火。

但是，从那一天开始，教授和他的机器人罗心消失不见了，再也没人能找到他们。

赵东也一直在找，不知派出去多少人力物力。

一个原因是这个东西的价值，另一个原因则是为了了却父亲的心愿，父亲一生致力于人工智能的研究，但不幸的是，过度工作的父亲不幸心脏病突发，死在了办公室里。

然而，查访一直没有结果。

直到有一天，他收到了一个陌生人的信息。

“我愿意把我的技术连同一号人工智能罗心卖给你，你能出什么价格？”

看到这条信息的赵东喜出望外，彻夜未眠。

这个东西的价值是无法用钱衡量的。

在几次反复派人调查之后，他确认了教授的身份，确实是那个电视里出现的拥有智能机器人罗心的教授。

他们相约在一家酒店进行交易。

约定时间以前，教授嘱咐过很多次，最近有太多的人找他，不可以让任何人知道他们交易的地点，不准带任何多余的人。

赵东接受约定后，就独自来这里了。

“能给我讲讲她的原理吗？你……是怎么做到的？”赵东问道。

“我的所有资料都在罗心的那个包里，我们还是先谈谈条件吧。”老头一边说一边让罗心把手里的包递给他。

“你开价吧。”

“不，不，不。”教授挥着手，“我要的并不只是钱，如果我想要钱的话，有大把的人排着队给我钱，我要的是你们Rz公司独有的技术专利。由于你们一直控制着这项专利，导致我们普通人在没有你们批准文件的情况下，根本无法拿到制造这件东西的原材料。”

赵东明白了他说的是什么，Rz公司的机器人持久能源，这种能源可以保证机器人在不需要补给的情况下存活30年。那是他的父亲——这个世上最伟大的科学家在晚年的时候研究出的成果，为即将研究成功的人工智能做的铺垫。

“这种最高级模拟的智能机器，无法进行外接的能源补充，只能依靠你们的Rz活体灌注能源，我虽然制造出了人工智能，却无法维持他们的生命。”老人回头看了看罗心，“她的生命也只剩下一年了。”

老人看起来有些忧伤。

女人轻轻地弯下腰拍了拍他的肩膀。

“可以。”赵东拿出了一份签好字的文件，这个东西对他来说不值一提，“这是我的诚意。”

“我还要3000万的现金。”老人接过文件看了一眼。

“我已经带来了。”赵东知道这个数字跟这个人工智能技术的价值相比根本不值一提，“但是，我必须看到你的资料才能支付，而且这个罗心，我必须要确定她是不是曾上过电视的那个。”

老人点了点头。

“瞳孔球摘下来吧。”老人看着罗心说。

只见这个妙龄女子抬起她细长的手臂，用纤柔的手指伸到脸前拨动了一下眼睛。

眼球轻轻掉到了她的手里。

“赵东先生，我希望这样的事，我只为你做今天一次。”罗心说道。

赵东没明白她说这话的意思，愣怔地看着教授。

“那会让她心里不舒服，她只是希望你能把她真的当人对待。”教授解答道。

赵东的心里乐开了花，感情系统竟如此地完美。

女人把眼球放在手心里，眼球上是密密麻麻细小的神经网。

“这是感触式神经视觉网球，眼球后面的神经触碰到她的眼眶内感应壁时，会让她拥有和人类一样的视觉。”教授说道。

这项技术虽然高端，但也并非像Rz这样的大型企业不能做出。

“我可以把资料和她都留给你，你可以试着分析她的大脑，但不可以碰其他地方，不能有过于侮辱和歧视的语言，以免对她造成心灵上的创伤，这毕竟是我的财产，也是我的第一个人工智能，明天我要她原封不动地回到我的手里。”教授神情严肃地说。

“当然。”赵东答应道，只要能分析大脑和主控系统就够了，他甚至不需要那些资料。

交易进行了。

赵东把钱交给了教授。

教授把罗心留在了房间里，并告知她一些话，准备离开。

“她不会伤害我吧？”赵东在教授快走出房间的时候问道。

“机器人三大定律是所有机器人必须输入的程序，你应该比我清楚。”教授头也不回地出了门。

赵东和罗心独自留在了房间，但气氛并没有赵东想象中那么尴尬。

罗心在教授离开后，甚至像个正常人类一样和他开起了玩笑。

赵东被她细微的情感震撼了，心中无比地激动。

“这是资料，你看一下吧。”聊了有半个小时，双方似乎才想起资料的事。

赵东拿起那一摞纸。

看了片刻，赵东的脸色突然阴沉了起来。

虽然他对技术并不在行，但他看得出那不过是普通的机器人制造文件。

“你们以为我不懂是吧，你们以为Rz公司的钱好骗是吧！”他瞪着眼睛怒视罗心。

他被骗了，他早该知道的！只怪自己一时被兴奋迷昏了头脑。

这个混蛋老头怎么可能把这个东西如此轻易又廉价地卖给他，还骗走了公司最值钱的专利证明。

那个证明最少值3个亿！

“你以为你们拿走证明就成功了吗？”

赵东瞪着罗心，罗心却一言不发地看着他，目光突然变得呆滞。

“只要我回到公司撤销那份证明，那个混蛋手里的不过是一张白纸！”赵东吼道。

没想到一直没有说话的罗心说话了，声音中没有一丝感情。

“你撤销不了的。”

她手里拿着一把藏在包里的微型手枪，顶住了赵东的脑袋。

“什么……不可能……你——”

砰——

砰——

砰——

赵东倒在酒店房间的地毯上，停止了心跳。

2

教授此刻已经到了另一个城市。

他选了一家还不错的酒店。

他把今天拿到的钱铺满了床。

他再也不需要住那些肮脏嘈杂的客房了。

以他的技术知识，做一个活体灌注能源只是分分钟的事，此时他已做好了一个。

这个东西就是他源源不断的生财手段。

人工智能？

罗心？

根本就没有什么人工智能。

想起下午的场景，他笑得肚子都疼。

那个白痴怎么可能相信罗心是人工智能，那个罗心只不过是他找来的一个流浪者。那个人失去了手，他就给她做了人工手。那个人瞎了眼睛，他就给她做了机器眼。那个人缺钱，他就许诺给她钱。只要她帮助他完成计划并杀了赵东，以保证自己永远能使用那份证明。

一切都在他的计划中——拿到Rz活体能源的计划。

他又想起了自己临走时给赵东说的话。

机器人三大定律让机器人不能伤害你。

教授想着想着，又止不住地笑了。

哪有什么人工智能。

机器人当然不能伤害你，也不能看着你被伤害。

可她是人类啊。

蠢货。

教授想到此时赵东应该已经死了。

他曾看到赵东的父亲死。

现在赵东又因他而死。

人生真是悲剧。

“哪有什么人工智能机器人。”教授洗了把脸，对着镜子自言自语。

他对着镜子又笑了起来：“你说是吗，教授？我也是人类。”

说着他把人工智能活体能源用电子注射器注入了自己的脖子里，并撕下了自己的脸皮，里面精密细微的电子线像血管一样分布。

他想起了二十多年前。

赵东的父亲制造了他。

给他起了个名字——

教授。

我好像把月亮摔碎了，它会痛吗？

相思如梦长 ●任步凡

一直有风吹过来。

我半睁着眼发现所处之地一片荒芜，细沙被风卷起，在空中蹂躏一通便裹着能量朝我袭来，像受了气的孩子，一个飞脚踢到了旁边懒睡的狗肚子上。不过，细沙虽然凶神恶煞，给我的感受却只有舒服，它们像无数根手指似有还无地触碰着我的身体，轻击着我粗糙的皮肤，真像儿时的我翻滚在海滩上。唯一的坏处是我只能半睁着眼，乱沙渐欲迷人眼，我得小心它们攻击我的眼睛。

我并没有开玩笑，我承认自己一直喜欢开玩笑，但这次我没有开玩笑。沙的滋润让我清醒，两个现实的问题窜进我的脑袋：我他妈在哪儿？我他妈衣服都到哪儿去了？是的，我没穿衣服，像掷飞饼的那个外国人，只是浑身赘肉，啤酒肚像刚发芽的种子开始凸显。奇怪的是，我手里握着一把剑，在左手上，剑身朝下，斜杵在地上，阴冷的金属光泽，也被卷起的细沙包围着。从小到大的平头不见了，头发足有三寸，随风而动，我上下嘴唇错开，吹出一口气，额头的长发被风吹向一侧，没有反应，我想长发应该很酷，我忘了惊讶，有一些得意。

随着向上吹气的当口，抓住机会的细沙猛往我嘴里钻，我噗噗啐了两口，心想还是不能随便耍帅。可我在哪儿？我眯着眼睛望向四周，左手上的剑随着身体画着圈，没有声音。吹起的细沙严重干扰了我的判断，四周一片灰黄，在之前站立的左手方向，远处似有一团阴影，让我马上联想到一个放大版的爱因斯坦的脑袋，四散的头发圆形的脸，斜角度看去好像他还伸出舌头对你调皮地笑。当然，也可能是一棵低矮的从未修剪过的树。除此之外，四周再看不到半点可以怀疑的阴影，灰黄一片，这也是最可疑的地方，现在我他妈也不知道自己在哪儿，更不知道是被谁弄过来的。

我拖曳着剑朝那团阴影走去，赤裸的脚踩着地上厚厚的黄沙，虽不见太阳，脚下的沙地却暖暖的，两股暖流从脚底板传来。我盯着阴影，它慢慢变大，恍惚中像在招手，耳朵能听到微微的音乐声，很低，并不能判断是何种类型的音乐。我又朝四周望望，仍是一片灰黄，便加快脚步朝“爱因斯坦的大脑袋”奔去。

阴影就在前方，可以看出是用灰色砖块垒起类似蒙古包的半圆，上方二分之一长满杂草，朝各个方向肆意生长，阴影的位置正好在凸起的沙堆上，四周平坦，突出的沙堆肯定是建造者特意为之，避免经年历岁沙土将阴影掩埋。面向我的位置有一扇门半张着，我又想起爱因斯坦那调皮的笑，似乎示意我赶紧进去。我拄着剑让自己站稳，心却像弦一样紧绷，因为音乐声正是从阴影里传出，而且现在听得很清楚，那悲怆低沉的音乐，一般只在追悼会上出现，这阴影就是一个坟墓！

我努力使自己保持镇静，看来已别无选择，我便双手握着剑指向前方，朝坟墓走去。越是靠近心跳越急促，浑身酥酥地像灌满了肾上腺素，而音乐声也越来越大，咿咿呀呀没有实际意义的歌词，倒像藏传佛教的念经声。我用剑把门全部挑开，绷紧神经，拄着剑慢慢进入，刚走没两步，音乐突然停止，我一激灵，门外风吹沙的声音又灌进耳朵，我想拔腿就跑，可是双腿已不听使唤。墓内太安静，我抬头看到坟墓中心有一个小坟，竖起了一块墓碑，我尽力恢复理智，小步靠近墓碑。爱子苏青，1990.11.11——2015.12.31。我哇的一声，掉头就跑，墓碑上那个微笑的苏青，死死盯着我。我就叫苏青。

我猛地睁开眼睛，房间一片漆黑，用手擦去额头的汗，摸到手机，才凌晨三点。我又做了一个噩梦，连续五天了，同样的场景，同样的不知所措。此时已无睡意，我打开台灯坐了起来。想起白天市一院王医生的话，心里一阵烦躁。

王医生指着ICU病房里躺着的刘婧，以一向平缓的声调跟我说："伤者进行了头部手术后，情况并没有达到预期，虽然检查证实大脑左侧内的瘀血已经取出，现在还是不能确定伤者什么时候醒来，甚至悲观点说会不会醒都是一个悬念。"我看着王医生，他很平静，没有任何表情，再慈悲的人在医院待久了，也会麻木。“不过，我们科室的几个老家伙讨论后认为，她醒来的机会还是蛮大的，目前整个生命体征都比较平稳，情况也越来越好，你也不要太悲观。”王医生露出惯常的微笑，拍拍我的肩膀，“生活还是要继续。”

刺鼻的消毒水味在整个走廊弥漫，我望着病床上安静躺着的刘婧，像熟睡的孩子，只是身上连接着各种机器，脑部包扎着，从远处看像戴着去年冬天在哈尔滨看冰雕时买的雪白色帽子。王医生顺着我的目光看去，突然想起什么似的马上补充道：“还有一件事差点忘了告诉你，这两天伤者有很频繁的快速眼动现象，就是说伤者有很长一部分时间是在梦境中度过的，这也是意识逐渐清醒的一个表现。不知道她都梦到了什么。”梦？熟睡的刘婧现在在做梦吗？梦里有我吗？

我跟刘婧是高中同学，不过高中我们并不熟悉，而是大学后才开始在一起的。谈到高中对彼此的印象，她马上提高嗓门，略带调皮的脆亮声音便从她温润饱满的唇间跳出：“你那时候呀，就是个书呆子，除了看书啥也不成，连课间十分钟都不出去活动，见了我吧还老躲，跟你说个话你那紧张的呀，小弟弟都在抖，哈哈……”说完后她被自己逗得前仰后合，大眼睛眨巴眨巴看着我，像暖阳下的黄色蝴蝶扑棱着翅膀，我的心突然一动。“你说你是不是这样？”她不依不饶。“是的是的，你说啥就是啥。”我假装无奈地摇摇头附和着她。

刘婧个头不高，身材也不窈窕，老是自嘲说自己有双小象腿，当然这并不影响她爱臭美的天性，好在长了一张精致的脸，皮肤白皙，大眼睛注满了晶莹透亮的水，长长的眸子一眨巴，撩得人说不下去话。她是个带有灵性的女孩，人来疯，一见到人嘴巴就呱唧呱唧说个不停，很讨人喜欢。我高中时确实如她所说，自卑又自闭，封闭在一个自我的圈子里，除了好好啃食功课，别无所爱。那或许就是一个农村人初到城市后的常见心理。要知道在高中前，即便是那个小城市，我去的也不超过五次。

高中时我跟刘婧接触并不多，虽然那时候情窦初开，不过自卑的我并不敢表露心迹，那时候跟异性说话我都是结结巴巴的，更何况是她呢。她在班里是绝对的活跃分子，只要有人说话的地方就绝对少不了她。现在想想，或许是因为我的沉默引起了她的关注，还有一个重要的原因是，我租的房子距离她家不远，上学放学容易碰到。好多次，看到她在前面，我就放慢脚步，不敢超过她；知道她在我后面，我就加快脚步，赶紧逃离她。

有一次刚走出出租屋，眼角余光就发现她在后面不远，我双脚有些不听使唤，扭扭地加快速度往前走。走了不远听到后面有人喊我的名字，我知道是她，装作没听见还是继续忸怩着走。她在后面跑了起来，边跑边喊，我不得不停下来等着她。

“你是不是故意的啊，苏青同学？”她喘着气看着我，有热气从她身上冒出来，双颊跑得绯红。“我叫你干吗装作没听见？”“哪有，我真的是没听见，不知道你在后面。”我没看她的眼睛，有些犹豫地说。“好吧好吧，”她挥挥手，“不管那些了，以后见到我不许躲，我又不是猫，你干吗装老鼠。”她笑笑，“快走，马上上课了。”

后来只要在路上看到她，我就跑去和她一起走，但三年高中下来也没遇到多少次，聊天内容也仅限于学习方面，我小心翼翼，掩饰着自己对她的喜欢和在乎。而她，大大咧咧，跟班里每个男生都很好，所以在我看来也不可能喜欢我。所以大学后的事情就有些莫名其妙，糊里糊涂我们就在一起了，每次我试图捋清其中原委，总是不了了之，一来我实在记不起，二来问刘婧她总是调皮地让我看这看那转移话题，从没打算认真回答过。逐渐地，我也就失去了探究真相的兴趣，能追到刘婧已经是天大的恩赐，有些事不问也罢。

大学时候最期待的就是周末，我们虽在一个城市求学，但一个在西南角，一个在东北角，隔着整个城市的距离，平时只能电话或QQ聊天。一到周末，患有严重懒床症的我过了六点就睡意全无，一骨碌爬起来，收拾收拾就往公交车站跑，挨着晕车的脑袋翻滚的胃，坐两个半小时的公交，到刘婧的学校。她也总是嗔怪我不该老是这样，自己晕车哪受得了。不过看到她说嗔怪话语时的幸福样子，我来回跑上十趟也愿意。

“哥哥接电话哟，哥哥接电话哟……”刘婧调皮的声音传来，这是她给我录的电话铃声。掏出手机，屏幕上显示着张成的名字，他是我高中时关系最铁也算是唯一的朋友。“你没事吧，用不用我去陪陪你？”“我能有什么事，你忙你的生意吧，哪天刘婧醒了你再来看看。”大学一毕业他就继承了他爹的事业，倒腾粮食，现在正是收粮的时候，比较忙。“嗯，那样也好，有什么情况马上通知我。”电话里传来有人叫他的声音，他挂了电话。

刘婧受伤是意外。大学毕业后我们就回到了这个小城市，大城市竞争太激烈，再加上我们俩都没啥事业心，对繁华的都市也没什么向往。她考了公务员，暂时安排在市区附近的一个镇政府工作，我当了老师，在一所民办高中教学，准备考编。那天我们吃了晚饭在街上散步，本来商量着马上过节放假到哪去玩的事，我说了几个地方她都不如意，我明显有些不高兴，就硬硬地撂出一句：那你爱上哪上哪吧。突然她脸一沉，显然是生气了，说我现在一点都不关心她，甜言蜜语也不见了，有几次她生病我除了让她多休息多喝热水啥也没有了。“男人呐，”她的语气不再调皮，带着过来人的调子说，“一旦拥有就不知道珍惜。”

我没有说话，最近几个月我们经常因为一些琐事争吵，毕业后工作压力生活压力骤至，我们或许还需要适应的过程。沉默地走了一小段，她低声说我先回去了，然后扭头走了。为了工作方便，她住在镇政府的宿舍，打车回去也没有多远。看着她离去的背影，我的心突然被悲伤占据，再怎么着也不能让她生气啊，当初你多么喜欢她呀，现在你是怎么了，我暗暗骂了自己几句。刘婧走后不久便刮起了风，越刮越大，把街上的垃圾散乱地吹到空中转圈，飞起的垃圾在空中像挣扎的木偶，没有方向地呼呼摆动。夜里风竟不减反增，还下起了雨。我拿出手机，想打个电话给刘婧，想想之前的不愉快，忍着没打，然后就睡去了。

夜里刘婧的声音把我惊醒，是她的来电。我赶紧接通，喊了几声对方都没有应答，我心里一沉，那么大风雨不会出什么事吧，我嘀咕着。挂了电话又打了几次，竟没人接听，我越想心里越犯怵，赶紧穿好衣服骑着上班买的电瓶车赶往刘婧的住处。等我到她宿舍的时候，呜呜的救护车已经来了，院子里的那棵上了年头的柳树，不偏不正地倒在了屋檐上，正落在刘婧的房间。我的心像被掏空了一般，眼泪和着雨水流了下来，把电瓶车一扔赶紧跑了过去。

幸亏房子没有倒塌，只是砸坏了房檐。包括刘婧在内的六个人都有不同程度的伤，但刘婧伤势最重，房顶坠落的建筑物不偏不倚地砸在了她的左脑上，颅内出血，在柳树倒下之后和建筑物砸向她之前，她拨通了我的电话，之后便昏死过去。我和几个医护人员一起把她架到车上，从车窗望去，柳树的枝叶被风吹来吹去，被砸坏房檐的屋子缩成一团，黑影子一般，阴沉沉的。

我坐在病床前，看着刘婧，今天阳光很好，有一小撇阳光透过窗帘的缝隙照在她脸上，安静而美好。突然，她的眼球在眼皮下快速移动着，肯定又在做梦，在做什么样的梦呢？她会不会生我的气？

市一院12楼，ICU重症监护室内。

刘婧和张成站在病床前，主治医生王军站在他们旁边，以一向平缓的声调说："伤者进行了头部手术后，情况并没有达到预期，虽然检查证实大脑左侧内的瘀血已经取出，现在还是不能确定伤者什么时候醒来，甚至悲观点说会不会醒都是一个悬念。"觉察到自己的话说得可能重了点，他马上补充说，"不过，我们科室的几个老家伙讨论后认为，他醒来的机会还是蛮大的，目前整个生命体征都比较平稳，情况也越来越好。"一小撇阳光透过窗帘的缝隙照在他脸上，突然他的眼球在眼皮下快速移动着。"还有一件事差点忘了，"王医生也看到了伤者眼睛在快速移动，"这两天伤者有很频繁的快速眼动现象，就像这样，这表示伤者有很长一部分时间是在梦境中度过的，这也是意识逐渐清醒的一个表现。"

"也是够严重的，"出了重症监护室后张成对刘婧说，"跟中了邪似的，那么粗一棵树怎么说倒就倒了，那晚上风哪有那么大，其他树不都好好的，还那么巧偏砸着苏青的宿舍，这家伙也不知道保护好自己，不应该第一时间护住头吗！"

"现在说这些也没什么用，希望他快点好起来吧。"刘婧往里面望了望，苏青光着膀子平躺着，身上连接着各种机器，脑部包扎着，侧面看竟像个包着头巾的大汉，有些好笑。不过她马上转过头看着张成："谢谢你告诉我这事，不然我都不知道，工作了就开始各种忙，联系的都少了。"

"这有啥谢的，我跟你讲也是有目的的，"张成挤出了一点笑容，“你知道他最喜欢你，我就想着让你来看看，说不定这小子听到你的声音闻到你的味道，马上就蹦起来了呢，哈哈。”

刺鼻的消毒水味在整个走廊弥漫，病床上安静躺着的苏青，熟睡得像个孩子，眼球仍在眼皮下快速移动着。

每次用透明胶的时候来回找头，都会觉得自己特别虔诚。

进香路上 ●寇建斌

这座山上有一座远近闻名的寺庙，善男信女不辞舟车劳顿，络绎不绝上山进香，因此香火极盛。我乘坐的这辆中巴，大部分人是香客。我不算是香客，我很少进寺庙，更没有烧过香。不过这次我想烧一炷香，然后寻一处洁净之地了此一生。我经历了一场意想不到的惨重打击，实在不想再苟存于世。

山路是新修的，平坦通畅。天空蔚蓝，白云低垂，两侧山峦起伏，草木葱翠。我默默地望着窗外，心如止水。

突然，中巴车靠边停下了，车头处吵吵嚷嚷，两个壮汉拖拽着女司机要下车。女司机连声叫着“大哥”求饶，那两人浪言浪语不予理会。女司机扭过脸朝后边扯着嗓子呼救。那两人横眉立眼冲车上人吼：“哪个敢管闲事，揍扁你！”车上人或假寐，或面朝窗外，怡然观景，或如欣赏现场直播节目，兴趣盎然，俱呈泥塑木雕状。我一时压不住火，冲到前边，断喝：“你们要干什么？放开她！”

那两人轻蔑地扫了我一眼，一个说：“没你事，识相点，滚一边去，别他妈找抽！”另一个冲我坏笑：“小兄弟，还没尝过女人滋味吧？跟大爷一起下车，让你过过眼瘾。要是大爷高兴了，说不定还让你喝碗刷锅水哩，哈哈哈。”

我不再说什么，上前死死抱住女司机。那两人恼羞成怒，别住女司机，转过身子，对我拳打脚踢。两人下手很重，没几下，我就瘫软在地，动弹不得。两人从容架起女司机下车，走到路边树丛里。

不知道过了多长时间，三人回到了车上。女司机木然地坐到驾驶座，那两人吹着口哨哼着小曲坐回座位。车上平静如初。

女司机点火启动了车，回头看了看仍呆坐在地板上的我，说：“你，下去！”

我大惑不解地望着女司机：“为什么让我下车？”

女司机一脸冷漠：“什么也不为，我就是不愿意拉你。”

那两人嘎笑：“小毛孩子，还问，谁叫你搅我们的好事。”

我说：“我不下车，我买了票。”

女司机说：“你不下去，我不开车。”

车上的人们急了，一齐冲我嚷：“叫你下去就下去吧，别一个人耽误大家！”

那两个壮汉凑到我跟前：“是不是骨头还痒，再给你敲打敲打？”

我愤怒地看看女司机，看看那两个凶神恶煞，看看车上群情激愤的人们，默默地站起来，一瘸一拐走下车去。

我在路边坐了一会儿，然后一边向前走，一边拦车。路上的车都开得飞快，没有一辆停下来。走了好久，碰上一个货车司机下车撒尿，才搭上车。货车走了一段路程，司机一指前边说，拐过那个弯，就能看到寺庙了。不料，刚到拐弯处，堵车了。我跳下车，走到路外侧远眺，果然看到满山青翠中翘出一角金黄色的琉璃瓦。再看近前，发现路边石桩子被撞飞了几根，一辆面包车翻在山崖下。

车看着有些眼熟，我瞪大眼睛仔细辨认车牌，当时就震惊了——那不正是我乘坐的那辆中巴吗？

我双腿一软，蹲坐在地上。望着不远处那一角金黄色屋檐，忽然不想往上走了。

At that time, I was zhenjing.

曾经毫不犹豫的肯定自己有一双翅膀。现在，你还这样坚信吗？

努力病 ●说夜

小林是我从小玩到大的好朋友，小时候十分聪明，得过很多次国家级比赛的第一名，但是不知道为什么，大学毕业之后就一直待在家里，什么事情也不做，变成了一个名副其实的啃老族。他的妈妈十分担心他这种状态，于是请我去跟他谈谈。

“小代啊，你跟小林是那么好的朋友，你工作好，媳妇也漂亮能干，家里什么事都打理得井井有条的，你帮我跟小林说说，让他赶紧工作吧。起码也要有点努力的样子啊，我每天看到他这个样子，心里面真的是，唉……”

阿姨愁眉苦脸地跟我说着。

转念一想，我也很久没见过小林了，小时候还经常一起玩的，后来同学聚会时见过几次。但是最近几年几乎就再也没有见过他了。

“好的，阿姨，我有空的时候会去和他谈谈的。”

“你今天有空吗？”

“啊……今天其实没什么事情……”

“择日不如撞日，那就今天了吧。来，我把钥匙给你，你去跟他谈吧。”

“这样就把钥匙交给我，不太好吧。”

“你们两个好朋友私下谈嘛，有我在的话，你们也说不痛快。阿姨约了朋友去血拼，呵呵。”

说着阿姨把钥匙给了我，意气风发地走了。

看着阿姨的背影，我有一种踩了屎坑的感觉。要想说服一个宅在家里这么久的人，谈何容易。小林能宅在家里，多半也是阿姨纵容溺爱造成的。

但是既然阿姨拜托了我，我还是要兑现承诺的。无论如何，我和小林过去毕竟那么好，必要的时候还是要拉他一把。于是我左转右转来到了小林家里，打开房门后，看到井井有条的客厅，不禁感叹，阿姨哪怕是一个人都生活得很好。多年以前小林的父亲离开了他们母子，阿姨一个人挑起了养育小林的重任，虽说阿姨工作能力很强，经济上并不太困难，但是一个人独力养大小林，想必付出了巨大的努力。而且这么多年来阿姨都没有再婚，恐怕也是因为宅在家里的小林，怕他多想。

想到这里，我内心不禁升起一种责任感。

小林的房间很好认，几张原木门上都是干干净净，除了一个房门上贴了一幅ACG海报，上面是穿着裸露的二次元美少女。

那就是小林的房间了。

我敲了敲门，门内响起起床的窸窣声，我便在门口等了一下，打量起了房门上的海报。

其实我不太懂现在的二次元，以前读书的时候我和小林都很喜欢看漫画，那时候的作品还充满了热血。《灌篮高手》里种种热血的话语还常常被我和小林模仿，这些精神食粮喂饱了一整代人的理想。现在的二次元动不动就是各种性暗示，世道变得真是快。

正回忆着，一个胡茬林立的男子打开了门，他本来惺忪的睡眼看到我之后一下来了精神。

“小代啊，好久不见了。”

我越过他的肩膀看向房内，里面乱糟糟的，什么都有，露出内裤的美少女手办、遍地都是的各式快餐盒子，一个集上网吃饭看漫画喝饮料功能于一体的超级电脑桌。下一瞬间我便闻到房间里充斥着一种奇怪的味道，那是一种独属于宅男的味道。

怎么说呢，男生寝室里那种味道，就是床单许久不换发酵出的浑浊气味。

看着小林的脸，我甚至可以看到一道亮光在脸颊闪亮，当的一声，反射出一种油腻的质感。我下意识地拉紧了衣服，仿佛一个害怕的小姑娘遇到了奇怪的大叔。

小林面对我的反应，尴尬地笑了笑。随意穿着的T恤上印着niconico的字样，印刷体的旁边还有几道油渍。曾经镶嵌着六块腹肌的地方，现在被整合成了一块圆润的赘肉。

我突然意识到自己这样的反应不太礼貌，尴尬地回笑，目光越过他看向那张电脑桌。

这家伙的键盘还挺高级的，两三千的机械键盘，可恶，我一直也想要一个。

肯定也是拿阿姨的钱买的吧，我这么恶意地想着。

“其实，我今天过来是刚刚遇到了阿姨……”

我主动打破了尴尬的气氛。

“唉，我妈真的是……不过也好，咱们这么久没见了。来，进来说。”

我皱了皱眉头，说实话，里面的味道让我不是很想进去。但是看着曾经的好朋友现在变成这副模样，我又有一种恨铁不成钢的心态，看着他房内五花八门的东西，点了点头，走了进去。

“要不在客厅谈？”

小林有些局促。

“算了吧，我坐哪儿？”

“喏，就那套全新的海贼王漫画上面吧。我这里也没坐的地方……你知道的，没什么客人。”

可恶，这也是我想要的。

我略带心疼地坐了上去，但是不敢太用力，于是全身紧绷。

“你……最近过得怎么样？”

小林向我问候。

“还能干吗，工作呗，快升经理了。”

“真是厉害啊，读书的时候你就一直是我的偶像，干什么都特别行。”

听到小林这样说，我心里很难过。

其实读书的时候，他一直是我的偶像才对，不论我怎么努力，都比不过他。他总是很轻易地就可以考到好成绩，运动也是，篮球场上他总是所有人的焦点。正因为如此，他还泡到了我们系最漂亮的妹子。不过后来他们分手了，从那之后，小林就变得消沉，不论我如何问他，他都没有说出分手的原因。

“呵呵，是吗……”

我有些乏味地回答道，该死的尴尬又出现了。

记忆中，这样的尴尬在我们之间只出现过一次。那时我还不知道小林家离异的遭遇，有一次阿姨来看小林，小林显得特别乖巧，我便笑话他是巨婴，没想到就这样一句玩笑话，触及了小林内心最深处的伤痛。那次我们之间沉默了一个星期，后来小林才渐渐告诉我他家里的事情，我才知道当时的自己说了多么过分的话。

昔日的回忆印入脑海，我心里越想越不解，越想越火大，千般的郁闷层层叠了起来，化作一口气堵在喉头，最后变成一声叹息长长地吐了出来。

我还是决定说了。

“小林，你……怎么变成现在这样了呢？”

小林挑了挑眉毛，这是他的标志性动作，他一有话说就会这样。

“我现在是怎样呢？”

"我记得读书的时候，你不是这样的啊。"

"我还是我啊。"

"不，不是的，那时的你……"

我揪着眉头看着他，把心里想的东西都说出来了。

"你还记得吗？那时的你什么都好，运动好，阳光，有好看的女朋友，有很多朋友。现在呢，你怎么变成现在这样了。"

"是啊，我现在是怎样呢？"

"你……"

小林还在反问着我，我一下气结，脱口而出。

"你现在就像是一头猪！"

这句话一说出口我就后悔了，小林凄惨地看着我，眼神里的震惊久久不能平复。

我知道，我伤害了他，但这并不是我的本意。

有些时候，唯有说出真相才能打破困境，解决问题。

我们对视了很久，我才从喉咙里挤出三个字。

"对不起。"

"我们……还是朋友吧？"

小林突然这么问我，我有些措手不及。

"当然了，如果不是朋友的话……我又何苦说这样的话。"

"我相信你……"

小林轻轻地说。他萧瑟的语气，让我觉得自己像是个坏人。

"真的，对不起，我不该这样说。"

"其实，你也没错。"

小林这样回答，我一抬头，迎上了他的目光，他眼神变得坚定，我心头一喜。

"至少以你的角度来看，确实是这样的。"

我的背往后靠了靠，可是背后是空的，所以我晃了晃。看来他还是没有意识到自己的现状是如何的可笑。

"是吗？也许这就是为什么当初嘉琳离开你。"

我决定再刺激他一下。嘉琳是当时那个离开他的女孩的名字。

果然，小林一听到这个名字，立刻就有反应了，他挑了挑眉毛，静静地看着我，突然笑道。

"你肯定很好奇嘉琳为什么离开我吧，毕竟那时我们都喜欢这个女孩。"

我沉默，他便继续说。

"我不希望让我最好的朋友觉得痛苦。"

他看着我，有力地说着让我震惊的话。

"而且，她不喜欢我妈妈，她觉得我妈妈跟我太亲密了。其实这没什么，可她是当着我妈妈说的，你知道这有多伤她老人家的心吗？"

我张大了嘴，没想到当时的情况竟然是这样。阿姨独力养大小林，嘉琳却说出了这样的话，我甚至可以想象当时的小林有多难堪。

但是话题已经开始了，我心中还是带着怨念。

“所以你就变成了现在这样？”

小林叹了口气，问了我一个很突兀的问题。

“你为什么要努力工作呢？”

这是什么话啊。

“不努力工作怎么会有钱呢？”

“你努力工作，才能得到钱，是吧？你拿钱来干什么呢？”

“没钱怎么休假啊，以后怎么养老啊。”

“噢噢，那不如跟我说一下你最理想的休假是怎样的。”

小林这么问，换了个话题，我反倒突然轻松了起来：“唉，我很早就想待在家里，完完整整地打通关一个游戏，最近有很多游戏大作啊，比如《捡垃圾4》。或者在阳台上看漫画，看上一整天。哎呀，我升职之后是越来越忙，都没什么时候搞自己的业余爱好了。”

小林咧嘴一笑，动了动鼠标，待机状态的屏幕打开了，一个全副武装的废土男站在一个小镇的最高处——是《捡垃圾4》，小林的角色已经全身都是最好的装备了，还建了自己的小镇。小林又指了指我屁股下面的漫画。

“你理想的假期，我天天都在过哦。”

“你不可能永远过这样的日子啊。”

我想了想，还是没有直接把他啃老的事实说出来，毕竟要照顾他的自尊，而且我刚刚说了那么多过分的话，于是换了一个委婉的说法。

“你老了怎么办呢？你看你到现在也没有个女朋友，没人照顾你，生活也没有动力。”

“说到养老问题了啊。小代，你有孩子吗？”

“啊，老婆已经怀上了，下个月就到生产期了。”

“恭喜啊，快当爸爸了。孩子，人类生命的延续。小代你知道吗？孩子是违反人类直觉的一个产物。人的一生只要对自己的生活负责就好了，过好自己的日子，养好自己。”

“万一得病了就可以有亲人照顾自己啊。”

“你不是很努力吗？努力的钱可以用在自己老的时候雇人来照顾自己啊。你现在这么努力，不就是为了以后活得很轻松吗？”

面对他的歪理，我一时间找不到话来反驳，于是他就继续说了下去。

“如果没有孩子的话，一个人养孩子的钱可以用来旅游世界三遍。你知道养一个孩子要多少钱吗？在一个普通城市里养一个孩子的钱可以用来开一家很大的商铺，赚到的钱可以用来再养十个孩子，可是因为有了孩子，就不会有积蓄，没有积蓄就只能一直保持目前的生活状态。很难存起来钱，改变自己的生活状态。”

说到这里，小林停了一下，看了我一眼。

“我说一句话，小代你可别生气。”

“好……”

不得不说，这家伙的歪理说动我了。

“你说，要是你没有女朋友，现在的日子是不是会更好一些？你想，你有女朋友的话，你要花钱给她买东西，你要花时间陪她。如果你把讨好她的工夫用来讨好老板，用花在她身上的金钱和时间来提升自己，现在是不是已经当上总经理了？”

“不，你说得不对，也不是……”

等等，他说得也没错。好几次下班时间，老板找我有事，我都是在陪女朋友，后来老板就找其他人了。现在回想一下，那些人早就升迁了，而我还在争取当部门经理的机会。如果当时我是单身的话，我就可以满足老板的要求，帮老板解决问题，说不定现在真的当上总经理了。有一次老板女儿过生日，大家都送了很贵的礼物，而我因为刚给女朋友买过首饰，所以买了个仿制品，祈祷不会被老板发现。现在想来，事后老板看我的眼神都不对了，说不定就是那事给闹的！糟了，如果是这样的话，老板肯定对我的印象非常不好了。

我的额头冒出了冷汗，小林见我被说动了，摇了摇头继续说道。

“我记得小代你老婆是全职太太吧？全职太太每天在家里面打理，为你的职业生涯保驾护航，你肯定很感激她吧？”

“是啊，没有她肯定没有我的今天，我非常感激她。”

“那是当然，你是应该感谢她。她把自己最美好的青春都用在照顾你身上了，所以你也经常在很累很累撑不住的时候会想，如果自己不努力的话，就很对不起她，是吧？”

我点了点头，心想这家伙总算说了点人话。

“生孩子的话，她就会更加把重心放在家庭上了，可以说一点私人的时间都没有了。哎，你知道啃老族最好的地方是什么吗？时间特别多，我所做的每一件事情都是我发自内心想要去做的。”

“可是你没有任何产出，对于这个社会没有任何的帮助。”

“你老婆做全职太太对这个社会有什么帮助吗？只是对你有帮助吧。那你老婆做全职太太，跟我这个啃老族有什么本质的区别吗？她也没有工作啊，只是屈服于这个社会对女性强加的社会责任罢了。嘿，我跟你说，以后我要是找老婆，我就得吃软饭，我愿意在家照顾孩子，打扫卫生，我可不觉得什么‘大老爷们儿怎么干这些娘们儿事情’，这只是分工不同。”

“你又在说歪理。”

我有些沉不住气了，小林笑了笑，没在意，继续说。

“好，就当是这样，我们先把这个搁下不说。小代你想想，如果你每天不工作那么多时间，而是每天早早回家，分担一部分家务，你老婆则把照顾家庭的精力分出去，找一份自己的工作，实现自己的人生价值。这样的话，家庭的总收入也增多了，你也不会那么累，每天脑力和体力工作分开做，对你的健康也好。对你老婆来说，有自己的工作，婚姻更加稳定，也是对自己有社会价值的肯定。大家的压力都减小了。”

“不是在说你吗，怎么说上我啦。”

“因为你得病了啊，小代。”

得、得病了？

“什么啊，我健康得很，我每天都在健身房健身。”

“心理疾病，努力病，这个社会很多人都有这个病。”

“啊？”

这是什么类似于十个人里有七个都是抑郁症的论断么？这些奇怪的社会学家就会搞些幺蛾子出来，让人觉得他的研究很有意义。但是谁又不是生活在压力之下呢？好好地对待生活，生活就会回报你，这几乎是我生活的全部信条了。如果生活没有负担的话，那还算是什么日子呢？纨绔吗？

“你说说，如果按照我刚刚的说法，你家里的日子是不是会好过一些？”

我很想反驳他，但是看着小林镇定的眼神，我开始思考他说的话。

确实，自从我结婚之后，老婆在一直为我付出自己的时间。很多次她都欲言又止，眼神一次次黯淡。这么想来，我上班的时候，她一个人在家里，一定很孤单。而我还老是加班，老是自以为是地给她买书、买电视、买新东西。可是我们结婚时，需要的是彼此，而不是其他什么东西啊。

“说是这么说……”

我还是不想跟着他的思路走，试图反抗。

“你就说你心里是不是有一瞬间认同我的说法。”

我无奈，点了点头。不仅仅是一瞬间，我都打算待会儿回去跟老婆聊聊这事，我是不是太强势了一些。其实我是察觉到老婆心里的委屈，但是为了某种大男子主义的倔强，我一点都不想点破，甚至会在发现时，故意说上两句反话。

这样的我，真是卑鄙。

“你不是太强势了，而是太努力了。你的出发点都是好的。”

小林仿佛看穿了我的想法，铿锵有力地下了一个判断，然后展开了他的论述。

“人为什么要努力呢？你看，我不努力，啃老，提前过上了你想过的日子。你知道我每天看漫画玩游戏花多少钱吗？零。没错，我的娱乐和人际开销都是零，每天就吃饭，网络我老妈也在用，所以网费算不上是太多。书是买的打折书，升级电脑也用的是二手配置，我一年下来最多用一两万块钱。”

“这只占我妈收入的百分之十，其余的开销都用来让我妈过自己想过的日子。如果我现在还在某个公司死命努力，那我妈肯定天天睡不着，工作也做不好，每天数着时间、数着钱过日子，想着她宝贝儿子过得好不好。但是你知道我得到了什么吗？我得到了小代你每天都在想的梦幻生活。而且我已经这么过了几年了，之后还有几十年都打算这么过，而小代你想要过上这样的日子，还要努力几十年，甚至到了那个时间，已经浑身是病，过不得这样的日子了。我跟你说，现在人想努力，简直就是一种病。”

“每个人都在努力生活，学习新知识，过上更好的日子。

你这就是强词夺理。如果不努力，其他努力的人就会超过你。这样还如何谈得上过自己想过的日子？我在公司里每天都有后进生盯着我，等着我犯错，想方设法在我身上学东西，想把我踩在脚下。我不屑于搞办公室小动静，所以我就只能努力，证明自己对公司的价值，这样才不会被人踩下去。如果我像你说的那么悠闲……不，逆水行舟，光是站在原地就要费不少力气了。”

“那是因为你站的地方不对。好，那我们就说努力学习。”

我现在感觉自己给自己挖了一个坑，然后小林把我推了下去。

“人为什么要努力学习？因为从小我们就受到了教育，只要努力就会有回报，对不对？”

“努力就是有回报啊。”

“对啊，就是有回报啊。”

小林摊开手，认同了我，但是我一点也没有被认同的感觉。

“但是，回报肯定会有差异吧。”

“那是当然的。”

“对于不同的人来说，有各自的天赋吧，有些人擅长文科，所以学文，有些人擅长理科，所以学理。”

“嗯，没错。”

这点我感同身受。

“但是我记得小代你本来是擅长理科的吧？只是数学不好，后来就放弃学理了，数学拉分太多，继续学理的话，就会考不上好大学。你想，如果你继续学文的话，现在说不定就在做自己喜欢做的事情哦。”

他这么一说，我倒是很有感慨，其实我是不擅长现在这份工作的。其实我更羡慕的是那些工资低一些，但是更自由的创意性工作，比如自由工作室，尽管辛苦，毕竟是在做自己喜欢的事情。现在想去做已经迟了，一是专业知识已经忘光了，二是老婆还得靠我拿钱回家过日子，没有这个退路去做了。

“这点算你小子说对了。”

我干脆开始接受他的观点了，毕竟他说得没错。

“小代你平时有很多事情吧，但大部分事情都是重复的，做起来特别无聊吧。”

“这些都是必要的事情，工作就是这样。”

“这些事情是必要的，这就是自己催眠自己的结果，这是努力症的一个症状之一。你心里其实有不少方法可以简化这些过程吧？做这些无聊的事情占据了你人生的大部分时间，这些时间你完全可以用来做自己的事情，或者干脆就是发呆，但其实你心里觉得，哪怕是发呆也比做这些事情有价值。但是做到很困难的事情时，你才会突然来了精神，感觉自己的存在是有意义的。是吧？”

“这点你算是说对了，明明有些程序是不必要去走的，复杂的程序只是想要增加员工犯错的成本，避免员工犯错，但是其实想搞事的人根本就不怕这点麻烦。最后的结果只是大大增加了工作成本，但是该出事的地方还是会出事。”

“所以你看，这就是我不搞社会人际的原因。人际交往会带来所有成本的提升，因为只要是人就会犯错，而且人是一种特别脆弱的生物，经常崩溃。”

“你电脑不也经常崩溃。”

“我有重装大法啊，只要一个光碟，立马系统重装，和系统老婆回到最初。你能倒转时间吗？你能让你老板重启吗？”

“不能……”

“所以说啊，你为什么要努力交朋友呢？为什么要努力工作呢？你明明觉得这些都没有意义啊。”

“可是每个人都在努力啊，如果我不努力的话，就会被甩到后面去。”

“那是因为你没有在做你擅长的事情。”他瞪着我，眼神像一个见到捕兽夹终于夹中脱队恶狼的猎人。我全身泛过一阵又一阵的凉意，耳边听他好整以暇说着，仿佛看到猎刀缓缓拔出的寒光……

“只要你做你擅长的事情，你就会把别人远远地甩在后面！你想想，这个社会大部分人都有努力症，基本都在做自己不擅长的事情，只是因为脑海里某个声音在强迫他必须努力，他就被控制住了，一直努力做自己不擅长的事情。但是，如果你去做自己擅长的事情，那么你就可以超过百分之九十不擅长这个事情的人，而且是立刻超过他们，因为你太擅长这些事情了。”

我张大了嘴，被这家伙的言论震惊了。

我竟然觉得他说得很有道理，而且并不是歪理。直到小林得意地笑出声，我才想起来自己是来劝他不要啃老的。

“我承认你说得很有道理，但是啃老依然是不对的。”

我放出了最后的必杀技。

“是吗？你和你老婆一起看过微博上的那些夫妻撕逼吵架视频没有？”

“唔……看过，但是这些视频很无聊，没有意义。”

“你们看完之后会不会感叹自己的夫妻生活过得还是不错的，然后说一些以后我们不要这样的话？”

“还真是。”

这小子又有歪理了，我竟然有点期待。

“那么这些撕逼视频没有意义吗？它不是提醒了你们，你们的生活过得还不错，不要心里有什么小九九？从这个角度来看，它难道不是提升了你们婚姻生活的和谐度？”

说着小林笑了笑，打开了一个网址，那是一个博客，上面有小林的照片，好像是小林在记录自己的日常，评论和留言都有很多骂他的话。我看了看，有些还骂得十分难听。我不禁担心地看向小林，小林却坦然一笑。

“我每天都会发一些日常生活的信息，偶尔还会编一些奇葩言论出来，我这个博客每天都有上万的浏览量，都是过来骂我的，或者来看奇葩的人。他们其实根本就不在乎我是否改变了，他们只是想看看一个过得不如自己的人，获得心理上的优越感，甚至有道德上的优越感。哎，这个道德优越感很奇怪，他觉得我道德败坏，就会用各种恶劣的语言来骂我——其实这样也是很不道德的事情。有人甚至把我的日志编辑成另一篇日志，让更多的人看到我的生活，就会有更多的人来骂我。但是偶尔我发一些在他们价值观看来是好事的言论时，他们就会有一部分人过来维护我，觉得我还是有救，然后跟其他人吵起来。我可声明，不是水军哦。”

“你这样做，有什么意义吗？”

小林皱着眉头看着我，然后说：“小代你很少上网吧？”

“平时工作很忙，我就看看新闻看看电视剧。”

小林一听，用一种你还需要学习的语气说。

“小代啊，我这一万的浏览量，是不掺水不做假的浏览量，不是用钱刷出来的，每天有一万个精力过剩货真价实的网络喷子来我这里看我写的东西。他们的浏览量是有着极大的价值的，骂完之后还会到现实里骂，这叫边际效应。”

“那又怎样？”

“这就是影响力啊！为了这一万个骂我的人，很多人都找我做广告，甚至就是让我骂骂他们的淘宝店，或者在我的自拍中出现他们的产品，每个月我都可以接到很多单子，每单至少有几百块，前两天我还接到一个长期合作的单子，让我跟微博上一个刚出道的励志名人对骂，每个月给我三千块，效果好还有奖金。

不过最近博客的流量不行喽，很多人都在用新媒体，我打算开个微信平台，在博客上骂这个平台，就可以把博客的流量转到微信上，然后去做微信上的流量，这样就可以用做一份的精力得到两份的收入。”

我当时就震惊了，他竟然还靠这个赚到钱了？这是我所无法想象的事情，我呆呆地问：“那么你妈知道你赚钱的事吗？”

“我没跟她说，哎，我也只跟你说，你可别告诉别人啊。咱俩是从小到大的哥们儿我才告诉你的。不告诉我妈，是因为我妈已经习惯我这么弱势了，其实我妈自从我爸离开之后，一直都挺自卑的，她平时骂骂我，也是舒缓身心。而且她会觉得自己儿子需要她，她会得到来自我的肯定。如果她知道我开始赚钱，肯定连觉都睡不着。哎，我再跟你说一次啊，别告诉我妈。听懂了没？”

“那你变成现在这样，就是这个原因吗？”

“是，也不是。其实对于我妈而言，她很享受照顾我的感觉。你说我既然能让我妈开心，为什么非得证明自己是什么大男人，可以顶天立地呢？说真的，只要我妈开心，让我干啥都行。”

看我有些迷茫，他叹气道：“其实这些网络奇葩就像是新时代的神明一样，你知道吗？”

我点了点头，我已经干脆放弃思考了。

“古代的人们靠拜神明来求得心安，他们相信世界上真的有神仙，只要自己品行端正就可以活得很好，而且信息传播不发达，他们看不到其他人过的日子，就很安心。而现在媒体这么发达，很容易就看到灯红酒绿的世界，从而产生了对自己生活的厌弃感。但是如果他们看看什么富二代作恶的新闻，看看什么奇葩走红的新闻，就会非常安心。他们会觉得，啊，有钱就会变坏，就这样过日子挺好，那些名人也没什么好日子过，就这么平平淡淡挺好。这些网络奇葩啊，就像古代的神明一样，可以让普通人安心，过自己的生活。”

“你是说……你是现代的神明？”

我惊呆了。

“不像吗？”

他笑了笑，张开手，微微凸起的肚腩如弥勒佛般晃动了起来。说实话，刚进来时闻到的那股臭味，现在已经不是那么熏鼻子了。

“像，挺像的。”

“像像像，像济公吧。嘿，我知道你小子没那么容易被我洗脑，每个人也有每个人的活法，别人我还懒得跟他说这么深入，咱俩是哥们让，那不一样。我说，你要是哪天不想干这个糟心工作了，我这里做微信需要一个信得过的人来运营，你要是觉得合适，哥们儿就把这个职位留给你了，嗯……或者你媳妇也行，广告收入咱俩平分，需要外面交往的乱七八糟的事就都交给你们，我也不喜欢跟其他人交往。”

我已经彻底蒙了，跟他说我考虑一下之后，就讪讪地退出了房门。

当我再次到外面的世界，感觉整个世界都不一样了。恰巧阿姨也进来了，她手上提了好多衣服，衣服的款式色彩一点都不过时，时尚感满满，倒像是二十多岁的职场女性的品位。她一见到我，立刻凑上来问。

“怎么样，说动他没有？”

我一开口，立刻想到小林告诫我的话，便说道：“他啊，说会改的。哎呀，我觉得他这个人啊，就得靠您说道他，这没您他不行啊。”

“是啊是啊，这么大了还离不开妈妈，真是的。”

虽然嘴上这么说，阿姨脸上却喜滋滋的，还塞给我一堆进口零食。我临出门前又看了客厅一眼，发现客厅里的装潢虽不华丽，却很有品位，想来是阿姨精心设计的。我想了想自己的家，竟然还不如阿姨家好，乱七八糟的设备买了一堆，有些甚至都没用过。

回家后还真得跟老婆谈谈了。

这个念头从我脑中一闪而过，我不由得苦笑，看来我反倒被他给说动了。

刹那间，小林那张惺忪的熬夜脸，在我眼前似乎发出神明自带的那种光晕……

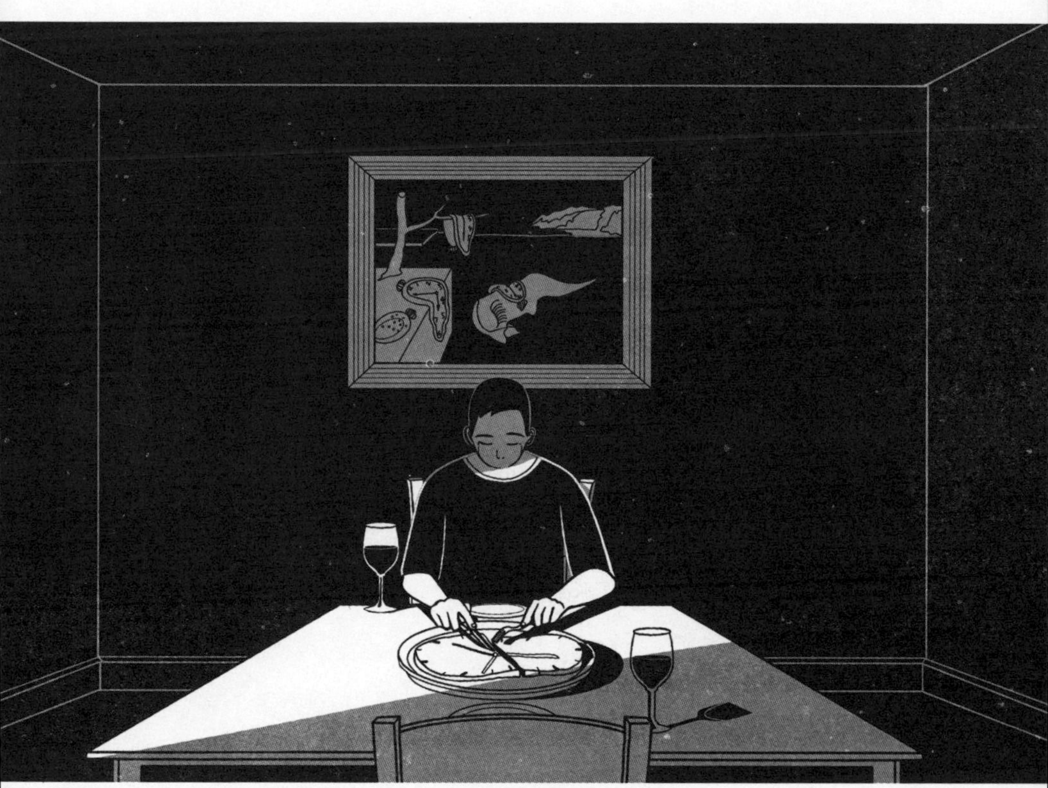

你的步伐渐行渐远，起码让我吃完这最后一餐。细嚼慢咽，过去的柴米油盐。

米中之砂 ●一根鱼骨

1.

他和她看着天花板。海浪声从窗帘的缝隙里透进来，沙沙直响。

美好。他说。

她把头枕在他臂膀上，问，会长久吗?

他神色一黯，但接着明朗了。

为什么不会，一段感情既然消失了，就该放手，我会尽快跟她说。

她闭上眼睛：虽然我没有见过她，但感觉她是个好人，温柔的人。

他没说话。他觉得不说话是对的。

2.

他和她看着天花板。海浪声从窗帘的缝隙里透进来，沙沙直响。

美好。他说。

她把头枕在他臂膀上，问，会长久吗？

当然，我会永远爱你。他说。

我相信你。她闭上眼睛，虽然很多感情都显得短促，但我们的感情一定要长久。你是我唯一的爱人。

他抱紧她。她是一个孤儿，她怕再失去，怕孤独。

3.

她是新职员，他是她的上司。当四目相遇时，默契便种下了。

他握住她的手，接着她反握。那是在电梯里，站满了人，他和她被挤到最里面。

他开了房，告诉她房间号。

她去了。一进门，他就抱住她，两个人吻得透不过气来。

他说，我爱你。

她说，我也爱你。

你有家。她说。

不管了。他说。

两个人第一次平静地看着天花板。

她说，你妻子很有名，是画家。

他不说话，但在被子下面握紧了她的手。

4.

湖水、莲花，有船摇过。树上的花朵落下，落在她的肩膀和裙子上。

画得真美。他说。

她扭过头来，看到一张俊美的年轻男人的脸。她听到自己的心跳。

她慌乱地想，他终于来了。

她稳住心神，把那张速写取下，“你喜欢，就送你吧。”

他看着那速写，湖水、莲花，有船摇过。

整个下午他都坐在她身边，看她画。

摇过多少条船，落下多少朵花。船娘悠扬的歌声远了、近了、远了。

晚上，他们一起看月亮。她把头靠在他肩上。

5.

说说你在孤儿院的事儿吧。

冷。她说。

6.

他抱着她说，我爱你。

她说，我也爱你。

在他睡去时，她起身，没有穿衣服，画了一幅画。一个同样没有穿衣服的女子，坐在一条小船上，船漂泊于无涯之水。女子遥望画面之外。

他后来看着这幅画，“是你吗？”

她已经穿好了衣服，笑着说，是我也不是我，你叫它“醒来”吧。

7.

两个人吃饭。青椒炒蛋，茄子酿鱼，还有一个汤。

有一阵子谁都没说话。

他忽然觉得牙疼，放下了筷子。

从嘴里掏了掏，掏出一粒砂来。

她满脸歉意，米没洗干净。

他说，没事。

8.

她来看她的画展。在一幅画前久久驻足。

喜欢吗？有人问。

她扭头，认出是画家本人。

我也喜欢，但是很多人根本没留意它。如果你喜欢，送给你。

她脸红了，不，我只是个看客，它是你的。

她不再坚持，两个人聊了一会儿，她说要回公司，接着转身走了。

她看着她的背影走远，叹了口气。

9.

你知道吗？很多艺术家，都有一些不为人知的癖好。

哦？比如。

这个。她的手从背后伸出来，手里有一支装满液体的小瓶子。

他拿过来，放在鼻子下闻了闻，好独特的香味。

送你的，以后全世界只有你身上有这个味道。

原来你还是一位了不起的调香师。

这是七种植物和两种矿物，以及我的爱，混合的味道。

10.

晚上吃饭时，她说，今天有个姑娘来我的画展了，是你们公司的。

哦，他没抬头，年轻人现在都奢谈艺术。

我们聊了几句，她喜欢《醒来》那张画。我要送她，她不要。

要是知道你的画值多少钱，她就该后悔了。他说。

他停止咀嚼，在嘴里掏了掏，掏出一粒砂来。

她满脸歉意：米没洗干净，菜也煮咸了。

11.

她说：我给了你机会。然后，她哭了。

12.

当两个人平静下来。他说，你去看她的画展了？

她说是。

为什么呢？他有些生气。

想看看你十年来爱的是什么样的人。

他叹口气，重新抱紧她。

我的衣服上有一种独特味道，你再去接近她，当心她闻出这味道来。

所以每次你都要先脱了衣服洗了澡才跟我在一起？

对，一定要小心。

你该跟她摊牌了吧。

是的，我要跟她摊牌了。

13.

他晚上回到家时，她在画画。

他站在她背后看了一眼：又画了一个不穿衣服的女人？

因为她的灵魂跟她的身体一样清凉无依。她淡淡笑着看他：这一幅叫《睡去》。

他仔细看，果然，画中女子双眼合着躺在小船上，似经历一场风霜累极而眠。船四周乃无涯之水。

他说，我们分手吧。

好。什么时候走？

现在。

14.

他把衣服塞进一只行李箱里，行李箱显得小了。

她把另一只大号的行李箱拖过来，用这个吧。

他说谢谢，把衣服重新放到大号行李箱中。

她目送他费力地把行李箱放到车厢后排。他上了车，看了她一眼，说再见。

再见。她也说。

他开车走了。

她一直看着车灯消失。

她轻抚腹部，笑了：再也见不到你了。

15.

他因车辆失控坠河死亡。

16.

三年后，她又来看她的画展。

她看到在那幅《醒来》旁边，挂着一幅叫《沉睡》的画。

喜欢吗？

她扭过头，看到她，朝她笑着。

她顺着她胳膊看下去，一个小男孩牵着她的手，好奇地看着她。

17.

她和她坐下来聊天。男孩在一边跑来跑去。

你是怎么知道我们在一起的?

你身上的味道。

可是,他每次都先洗了澡。

他只知道第一种味道,我还给了他第二种味道。

什么?

你们在一起了,我当然觉察到他的改变。我是知名画家,但我还是不为人知的调香师。我在蒸饭时加入了一种矿物质,这种矿物质遇热会溶解到米粒中,但如果溶解不完整,就会沉积为一粒砂子样的东西。

吃了这饭的人在做爱时会散发出淡淡的香气,于是,你沾染了这香气。当然,你们都会以为这是正常的身体的味道。但是调香师能闻出来。

她颤抖了,我还是不该去看你的画展。

是的。但是你一定会来。

为什么?

因为女人的好奇心。一个自认出色的女人一定想看看她的前任并从中获得胜利感,不是吗?

18.

可是我并没有获得胜利感。

她骄傲地笑了，我是一个孤儿，一个自尊心很强的孤儿。除了婚姻，我的人生走到了尽可能的高度。

是我害死了他。

不，他死于车祸。

是你杀了他。

我只是给了他一只行李箱。那行李箱里放了一瓶挥发性液体香料，会逐渐麻痹人的神经。

19.

那是你和他的孩子吗？

是的。我们结婚十年没有孩子，但在他决定离开我时，我发现我怀孕了。

你还是杀了他。

我不想用孩子留住一个男人，那将是我人生的污点。我始终要做一个纯粹的人。

男孩跑过来靠在妈妈怀里，好奇地看着对面的年轻女人。

20.

她再次凝目于《醒来》与《睡去》。你知道你为什么会失去他吗？

她笑了，将孩子拉到身后。你说说看。

因为你是孤儿，你无从失去，把他视为己有。你的爱束缚了他。

她站起身，走了。

不远处有一个男人在等她。

21.

姐姐为什么走了？

因为她想起了一件伤心的事。

什么是伤心的事？

就是发生在过去的事情。

22.

妈妈你为什么哭了？

我像一只笨拙的鸵鸟，一头扎进那个梦里。

入戏 ●谷雨不听

一

开锁师傅在帮我卸锁的时候，我就坐在楼道里和许先生发微信。

许先生是我对老公的昵称，在他口中，我是许太太。这个称呼我真是喜欢死了。

早上许先生出门的时候还专门提醒我带钥匙，可我还是忘了。不巧的是，许先生的钥匙也没带，因为平常我都在家，他一般也不操心这种小事。

知道我把钥匙忘在家里之后，他说我是“小迷糊”。

“还不是你惯的。”我回道。

“太太，你和先生一定没吵过架吧？”师傅边捣鼓边问我。

“你怎么知道的？我们还真是不怎么吵架。”我说。

“看你脸上的笑容就知道了。你们的生活一定很幸福，哪像我们两口子天天干架。”

有吗？我表现得有这么明显吗？

说来我和许先生结婚有三年了，除了偶尔拌个嘴，大的吵闹还不曾有过。更让我感到幸福的是，我们从高中开始相恋到现在已有十年了，恋爱期间那种甜蜜的感觉却一直都在，甚至结婚之后的每一天，生活都很新鲜。我总是能在房间里找到他精心布置的惊喜，有时我会在口袋里摸到一枚心仪已久的胸针，有时会在枕头下发现不同品种的花朵，有时在衣柜的角落会发现我拥趸的品牌包。

事实上，在没结婚之前我从来不敢想，婚后我们的生活会这样幸福。

因为原生家庭的缘故，我对婚姻生活一直很恐惧，我很怕自己经营不好两个人的家庭，也很怕婚后会照顾不好他。可是我太喜欢许先生了，舍不得看着他和别人共度一生，于是就自私地嫁给了他。

没想到结婚之后，我之前的那些担心都没有出现，甚至他的爸爸妈妈都很喜欢我，无论什么事，都真心想着我。这么幸福的我，每天黎明都盼着太阳早些出来让我享受这个世界。

二

旧的锁被拆掉了。我进了门，留师傅在那里安装新锁。屋子里有些乱，碗筷堆在水池里，许先生昨天换下的衣物还没洗，女儿的玩具丢得到处都是。因为早上和许先生腻歪了一会儿，怕耽误送女儿上学，就没有管这些事。后来又得赶到婆婆家带着她去医院挂吊瓶，回来之后才发现出门忘了带钥匙。

我刚把许先生的衣物放进洗衣机，电话就响了。“许先生”三个字在手机屏幕上快乐地跳动着。

“喂，老公，我进家了。你今天能回来吗？”

“今天应该回不去了。妈的病怎么样了？”

“医生说再去两天就可以了。”说话间我和师傅对视了一下，他的眼神里充满了暧昧不明的意味，我心里不禁一慌，忙把原本要说的话压了下去，“你还有半个小时到家呀？今天下班还挺早啊。”

说完我又偷偷看了一眼师傅，他似乎在认真地为手里的活做收尾。我从皮夹里拿出钱，等到他完工之后给了他。他接钱的时候，明显又往里瞄了一眼，然后才转身离开。此时我真是有些害怕了，于是赶紧关上门和许先生打电话。

他让我不要怕，要我一直打开手机上的通讯视频，他会在那边随时盯着。

我和他边聊天边做着家务，心里安心多了。等到家务活都做完了，我开始收拾我自己。今天忙了一天，身上的衣服看起来有点邋遢，头发在刚才也沾了灰尘，我不喜欢让许先生看见我这个样子，于是暂时和他断了通讯。我去衣橱里挑了衣服，然后到卫生间收拾自己。

洗完澡之后看起来清爽了许多，只是因为太累的缘故，脸色有点不好。于是我坐到梳妆台前给自己画眉涂口红。尽管我是家庭主妇，但是平常我也是化妆的。哪怕是出门倒个垃圾，偶尔碰到邻居，我也希望给人的印象是，那位许太太真是优雅又好看。

这样，才会让许先生有面子啊。

我边化妆边想象着许先生开完会后打开视频看到我时的表情，他肯定会说他老婆是世上最好看的女人。真是臭美呀。

我盯着镜子里的自己，脸上的每一处肌肤都在笑。

这时候我的手机响了，我以为是许先生，但是看到名字的时候我的心就惊了一下。我居然忘了去学校接女儿？！

三

我到了幼儿园的时候，小朋友们已经走光了。乐乐，我的女儿，正一个人在操场上玩小滑梯。

乐乐一看到我就扑了过来，她边跑边喊“妈妈”，每次一听到她喊我，我的心便像被蜜泡过了一样。

我抱着她，在她那张和许先生极为相似的小脸蛋上亲了一口。

“乐乐，我们回家好吗？”

“好呀，妈妈，我可想你了呀。”

“真乖，妈妈也想你。乐乐，我们和老师说再见好不好？”

“好，老师再见。”我俩同时对在房间里忙活的老师说。听见我学她拖着奶音说话，她咯咯地笑了。

我们就这样嬉闹着上了车。

这个时间点路上车太多，我差一点和人碰了车，幸好乐乐待在后边的安全座椅里。说来我的车技确实不太好，一般许先生在的时候是不需要我开车的，除了接乐乐，我平时出门也是坐地铁和公交，说是节省，其实是怕许先生为我担心。

“妈妈。”乐乐在后边叫我。

“怎么了宝贝？”我专注盯着前方，实在不敢回头看她。只是通过后视镜，看到她的表情有些古怪。

“妈妈，宝贝头发里面痛。”

我知道她说的是头疼，难道是刚才我刹车太猛，她碰到座椅了？我慌忙把车停到路边，下车去看她，抱着她的头检查了一圈，没有发现受伤的地方，却感觉我手心里发热，原来小丫头是发烧了。

我赶紧改变方向带她去医院。可是这时候偏偏开始堵车。我很焦急，却没有一点办法，只能徒劳地按着喇叭。

“小姐，请出示一下驾照和行车证。”

我不知道交警是什么时候来到车窗前的，我向外看了一眼，前边停着几辆警车，还有一些穿警察制服的人站在路边。

因为心里为乐乐的身体着急，我倒腾了一会儿才找到驾照和行车证。

交警拿着驾照比着我看来看去。我开始感到了不耐烦。

“不好意思小姐，麻烦你下车跟我们走一趟。”那位交警边说边招呼他的同事过来。

“我不去。我孩子生病了，我得马上把她送到医院。”我着急地说道。

他们真是无聊，你越着急他们越要来跟你添乱。我关上了车窗，准备不理他们。

可是往我这边来的警察越来越多，我刚发动车子，他们就拔出了手枪。我顿时就吓傻了。

我不敢硬闯，万一他们打伤了乐乐怎么办。我停了车，下车走到后排去安抚乐乐。自然就被他们抓到，带到了警察局。

四

“我的孩子怎么样了？”我问坐在我对面的女警察。

“我的同事在照顾她。”她说着递给我一杯水。

“可她还在发烧啊，我得送她去医院，你们先带我送她去医院好不好？”

“小姐，我同事会照顾她的，我们先来谈谈你的问题。现在我问你答。姓名？”

“许太太。”

“是你自己的名字。”

“我为什么要告诉你，你们就不能先让我带孩子看完病再来问我吗？我孩子在发烧欸！”我气得真想冲出去。

我四下张望，几个警察都在忙自己手上的事，我并没有看到乐乐在哪里。

“孩子没有发烧，只是睡着了。”

“你们到底想干什么，我孩子的身体我会不知道吗？”

“小姐，你先不要激动。我们会通知孩子的爸爸过来的。”

“不行，你们不能打扰他工作。”虽然此刻我也无比希望许先生在我身边，可是我真的不想让他知道我又把事情搞砸了。似乎我什么也做不好，他一直都在帮我收拾烂摊子。最起码今晚不能让他知道，他这时候应该还在开会，他说过这个项目对他很重要。

我话刚说完，就看到许先生进来了。他满头大汗，一定是听到消息为我和孩子急坏了。

我看见他，眼泪已经开始在眼眶里打转了。他快步向我走来，朝我伸出双手。我的眼泪瞬间就流下来了。我从座椅上站起来，面向他，那一刻我心里只有一个念头，想要趴到他怀里哭，我才不管有没有外人在场呢。

“我的孩子怎么样了？”他略过我，双手扶着桌沿问那个女警察。看，他终究是生我的气了。

“她已经醒了，我让同事把她带过来。”那个女警察对着她的一位同事使了个眼神。

许先生这才转过头看我，他的眼神很让我恐慌，他似乎在忍着怒火，但是又夹着自责。我努了努嘴，不知道开口应该说什么。

乐乐被一个警察牵着走出来了。

许先生看到她，马上就扑过去抱起了她。

“乐乐！”

“爸爸。”孩子哇的一声就哭了。这样我的心更难受了，我真是一个不称职的妈妈。

“妈妈。”可乐乐还是愿意爱我。她边叫我边伸出自己的小手。

我也伸出手。这个时候，我只有抱着她，才会安心一点。

五

我的双臂落了空。

乐乐被许先生送到了另一个女人怀里。

我一下子呆住了。他是什么时候带了另一个女人过来的？

“你把孩子还给我。”我真是憋了一肚子气。

那个女人抱着乐乐退后了几步，躲到许先生的身后。

更让我生气的是，许先生一副想要拦着我的样子。“你先带孩子出去。”他扭过头对那女人说道。

那女人瞪了我一眼，抱着乐乐跟一个警察走了。

“你要她把我们的孩子抱到哪里去？我们乐乐还发烧呢！”我抓住他的手问。

我的双手反被他抓住，他看着我的眼睛，一字一句地说：“乐乐不是你的孩子。”

“你在胡说什么？你怎么了呀，乐乐是我们的女儿啊！”

“乐乐是我的儿子，他是个男孩。”

“你骗人，你明明说过你喜欢女孩的。”

"阿薏，我没想到你会变成今天这样。"

他一生气就会叫我的名字。

"你叫我许太太。"我也对他生气了。

"我们家的锁也是你换掉的对吗？"

"你今天到底怎么了？项目不顺利吗？我换锁的时候跟你说过的啊。"

"阿薏，三年前我们的相遇，根本就是一场错误。你醒醒好吗？"

我怔住了。有什么东西在我脑袋里渐渐苏醒。

六

我望着眼前的这张脸，熟悉又陌生。

三年前？哦，对，我是三年前遇到他的。那时他刚刚和相恋七年的女友分手。他说他觉得这世界上的一切都没意思。而我，恰好是他无聊生活中的一杯威士忌，新鲜又刺激。

我们在一起的每一天都很快乐，快乐到某一刻让我觉得两个人天长地久也不错。但是那样的时光我们只度过了三个月。

那一天他对我说，他前女友怀了他的孩子，他舍不得失去这个孩子。其实我知道，他是舍不得和前女友七年的感情。

他走的时候我没有挽留。我告诉他，我马上会忘记他，我长得这么漂亮，马上会有新的伴侣。

他说："阿薏，你是潇洒的。这样的你，我很放心。"

我笑了，所以这就是每个人都舍得我的理由？

他说得对，我从来都是潇洒的。我从来没有想和谁被一张纸束缚一辈子的打算，因此也从不会对谁付出十分的真心。同样地，也从来不会有谁对我付出十分的真心。

我以为，我和他之间也不过是两个寂寞男女的一段风月，只是他比别的男人让我多一分喜欢，仅此而已。

既然只是一场风流，那就彼此都不当真。于是又打着无聊的借口，依旧断断续续地联系着。

可是渐渐地，我发现自己越来越依赖他，也常常想起和他在一起的时光。我开始喝他喜欢的牌子的水，开始吃他喜欢的菜，开始看他喜欢的影片，开始一个人去他喜欢的国家旅行。我脑袋里所有的想法都与他有关。但我不能表现出来。我知道，花花世界的游戏总是结束于某一方的认真。

可有时候我也觉得他是喜欢我的。我生病的时候他会不时地发消息提醒我吃药，不开心的时候他会不停地逗我笑，还有那些会让我以为他想着我的暧昧话语，全都让我越来越难以自拔。

在没有他的消息时，我开始为他找各种各样的借口。或许他最近工作忙，或许他和老婆在一起，或许他生病了……我真就变成了一个时时刻刻坐立不安等他消息的疯子。不找他，想他；找他，又怕他看出我的心思。原来动了情是这样地折磨人。

那么，只有偷偷地看他。我开始会为看他一眼，去他公司楼下待在车里三个小时，开始躲在他和同事常去的餐厅偷偷看他。我越来越像个暗恋别人的高中生。

可是一个女人的爱情是藏不住的。我想是我每次见他时眼睛里的欢呼雀跃露了馅儿，或者是我越来越不由自主对他撒娇的语气出卖了自己。

他应该是觉察到了我的不一样。于是开始刻意回避我，然后一天比一天冷淡。那些他曾经表现出的温情，像从来没有过一样。我的心瞬间跌入了深渊。

可潇洒的我是不会去质问他的。直到某一天他彻底把我从他所有的社交软件中删除。

我拿不出勇气和立场去质问他，在这个游戏里，从我动心的那一刻开始，就已经输了。

其实这时候我也应该死心了。对不爱自己的男人付出太多心思有什么用呢？以前的我不知道拿这句话损过多少哭哭啼啼的女人。

于是我又开始了逢场作戏的生活。只是和别的男人在一起的时候，会感觉心缺了一块。

七

我再一次遇见他的时候，是在一个超市里。

他穿着居家服，抱着他的孩子，和旁边推着购物车的妻子不时地说笑。我从来没见过他这个样子，宠溺的、温柔的。

在我的脑海里，他一直是一个潇洒倜傥又冷酷的男人。

可是这样的他，原来更让我动心。

我默默地跟在他们后边，看着他哄孩子，看着他帮妻子拎东西，看着他载着他们回家。

虽然我极度不想承认，可这样温馨的他们，让我羡慕。

我开始在他家楼下等着。我摸清了他们家一切活动的规律。我知道他的公司在哪里，知道他几点下班，知道他什么时候出差。也从他老婆买菜时和邻居的交谈中知道，他什么时候生了病，什么时候要去看他的妈妈，什么时候会去幼儿园接儿子。我知道他们家的一切。

而我也知道，这样的生活我永远不会有。我曾交往的男朋友很多，但没有人会娶我这样一个女人，尤其是他。事实上，对于婚姻，我也从来都是不屑的，或者说是恐惧。

可是我对于窥探他们美满的家庭生活却上了瘾，我开始想象，如果我成为他的妻子，生活是不是也会这样？

我终究被他发现了。他看我的眼神不及对妻子万分之一温柔，他问我想要多少钱，轻蔑的样子一下子就把我极力想维持的自尊击得粉碎。我才知道，他果然是一点都不喜欢我。

不被珍视的人，在别人眼中，永远是个笑话。

我拿了他的钱，又故作愉快地给了他一个吻。我永远不会让他知道，我渴望的从来就不是纸醉金迷。

八

医院的一切都很冰凉。我很讨厌这里。可医生说只有我开心起来才会放我走。于是他常常要我回忆一些快乐的事情。

每当他坐在我对面逼问我今天又想到什么时，我总会一本正经地对他说，我给你讲个故事吧。

我二十四岁生日的那天，在游艇上遇见一个男人，我吐着烟圈望着海水发呆的时候，他的声音在我身后响起来："小姐，可以借个火吗？"

我扭过头，他端着红酒杯浅浅地望着我笑。我的心好像被海风轻轻吹动了一下。我正要从口袋里掏出火柴，他却夺走了我手上的烟，放在他薄薄的两片唇间吸了一口，他说："女孩子吸烟会不漂亮的。"

我不止一次地回想过我们遇见时的那个场景，那是我一生中最美的时刻。

"后来呢？"

"后来我就成他太太了呀。"

飞吧，向着深渊，做好失去一切的准备。

第三场雨 ●杨肉馅

“所以，如果美国人当时用我的产品，他们的宝贝飞机就不会被击落。”魏泽一边开车一边得意扬扬地说。

坐在后座上的客户夫妇只是礼貌地笑了笑。这个笑话讲了很多次，就连已经很少和他说话的我都听得耳朵起了茧子。什么U2，什么2万米升限，什么金属指针，只有他自己才有兴趣。

他把客户的笑容当成了鼓励，继续自顾自地说了下去。“塑料的用途将会越来越广，以后家里用的洗脸盆、茶杯、饭盒，所有你能想到的东西，都可以被它们取代，塑料将会成为未来的材料之王，它们耐酸耐碱，不被腐蚀；也不会被磁性物质吸引；而且还能耐受较高的温度。几乎可以适用在任何地方——比如飞机上高度表的指针。就像我刚才讲的那个故事一样，飞机就不会受到影响了。汽车上也是一样，比如油料表、速度表、转速表、水温表——”

“这辆车多少钱？”男客户打断了他的话。

他的妻子早就听不下去了，脸上露出了不耐烦的神色。男客户则一直搭腔，但此刻耐心也消磨殆尽了。他们名义上是出来考察供应商的，但更明显的目的是游山玩水。可惜魏泽的眼睛似乎被墨镜盖住了，竟然没有看出来，还一直喋喋不休说着自己的项目。

“快16万了，比我们家房子都贵。”我赶紧把话接过来，“我一直劝老魏先别买车，留着钱扩大业务多好。他非说要买，还说您二位贵客要来，如果没车不方便安排两位出行。一会儿咱们去的地方，要是没车还真不方便呢。”

后排的两个人受用地笑了笑。“这车可真贵，我们单位厂长也就坐这个……娜塔莎？”

“您说这车啊，桑塔纳。”魏泽接过了话头，“这车最高时速能到220公里每小时，从零到百公里的加速度……”

紧急刹车声响起。魏泽惊慌失措地搬动着方向盘，这才躲过了前面的货车。

“怎么了？”客户也惊魂未定。

“没事没事。”我连忙打着圆场，“老魏刚学会开车，不熟。不过他胆小，您放心，他开得一直挺慢的，不会有事。”

魏泽默默地重新挂挡起步，过了一会儿，他才说道：“刚才吓死我了。我按照教练的规定，用二挡时速15公里——我看了速度表了，没错——规规矩矩地过弯，旁边的大货车就从我旁边超过去了，它绝对超速了！”

现在危险已经过了，大伙只是笑了笑就过去了。之后就开始说了些别的东西。

当然结果是显而易见的，合同没有谈成。

魏泽更适合干技术类的工作。可是改革的大潮来临之后，怀才不遇的他即刻投身到了商海中。在技术领域，他的眼光非常准，选择的几个产品都带来了高额利润，效果非常好。但是等到产品在市场上成熟之后，他的劣势就凸显了出来。他不善于和人打交道，尽管他的产品质量依然上乘，但还是和生意失之交臂。到了九十年代中期，经营上开始陷入了困境。作为他的妻子，我指出了他的缺陷，希望他能有所改变，比如邀请更合适的人才来负责营销工作，自己则专注于生产。可是他听不进去这样的话。他在平庸的环境中待的时间太久了，当他抓住机遇大展才能的时候，就不愿意放弃一丝机会。他急于证明自己比别人强，在任何方面比所有人都强。就像开车一样。他买车最重要的目的就是要亲自到各地去开拓市场。可是他却不用司机，刚拿到驾照就仓促上阵，于是也就有了先前那样的危险。

可惜我的劝阻在他看来就是对他才能的轻视，良苦用心得到的只是冷言冷语。几经来回之后，我们的交流就越来越少，到后来除了最基本对话以外，我们几乎形同陌路。

要不是这次客户来了夫妻俩，我可能都没机会再上他的汽车。

我也不愿意再坐他的车。

有一天下大雨，我让魏泽开车送我上班。魏泽一脸的不愿意，最终还是勉强同意了。他先下楼，说是要暖暖车。等我进去时，发现车里非常干净。这可不是他的脾气。他喜欢乱，甚至还有个谬论，叫作“乱好”，乱说明思路开阔；如果一个人把东西乱放却又能轻易找到，还说明他记忆力优秀。说白了，他懒，一旦把东西放在某个固定的地方，就不喜欢更换了。

他会把圆珠笔和墨镜一股脑儿放在仪表盘里，每次拿东西都会因为手臂要穿过方向盘而搞得手忙脚乱；香烟和打火机丢进车门的凹槽中，要吸烟的时候就伸手探下去够，一个不留神就带着方向盘也跟着动；外套则顺手扔在后座上，被揉得满是皱褶；发票、收据通常是团成一大团，塞到挡位前面的空间里，回公司报销时票据却和开销对不上数；各式各样的垃圾随处可见。

这次却不同了。虽然谈不上井井有条，但是也称得上干净了。

“哟，难得啊，这么整齐。”我开玩笑道。我还以为是他为了方便我乘坐而特地收拾的，心里挺高兴。

“没事没事。”他过于耐心地回答道，“我看这车也太脏了，该收拾收拾了，就在回来的路上把那些没有用的东西都扔掉了。”

我们一起生活了十多年，我了解他的一举一动。他的这番话引起了我的怀疑。

我想起他前不久刚刚出了一趟远门，说是开发外地的客户，但是最终无功而返。按说这么一次长途旅行之后，他的车里绝对是充满了各种垃圾，烟头烟灰到处都是，临时做记录用的便条随处可见。

可是现在什么都没有。太干净了。而且他这次说的话也太多了点。

我低头在车上找来找去。我自以为动作幅度不大，但还是被发现了。

他开着车，但是眼神不停往副驾驶上瞟，过了一会儿终于他忍不住了。“你找什么呢？”

我无言以对，只能说：“没什么。”在他的注视下，我只得停了下来，但是心里却惴惴不安。

他肯定在隐藏着什么，但我不知道到底是什么。

到了研究所门口，我拿起包刚走下了汽车，还没来得及撑开伞，魏泽就一声招呼都没打，加速将车开走了。路上还有积水，溅起的水花扑面而来。我连忙转身护住手上的提包。雨水溅到了我的后背。

我看不到身后到底脏成什么样子，而且空中还飘着雨滴。我只好抱着提包，快步跑到所里。

看到这一切的同事们都在羡慕地说，看看人家，下雨天都是老公开着汽车接送。再看看咱们，只能冒雨骑自行车，结果浇成了落汤鸡。

我怎么也高兴不起来。他们只看到了汽车，却没有看到车中的两人缄口不言。

我整理着衣服，眼睛无意中扫到了提包底部。

沾着一根长头发。

而我素来一头短发。

我回忆起提包放置的位置。我把它放在副驾驶位上，倚在自己的身后。想来就是在那个时候，这根头发沾到了提包上。

如此一来，魏泽非要在我上车前收拾车内的原因也就毋庸置疑了。

那根长头发成了我的心结。有一阵我天天骑着自行车到他的公司楼下偷偷监视，很多次都看到了他的秘书上了他的车。那个秘书不但年轻，而且留着一头长发。

从那个时候开始，我就开始考虑，如何改变现在的状态。

首先考虑的是离婚。

那时我还在研究所里工作，研究卡盒式磁带录音机的小型化。那个时候走在世界前列的是日本生产的产品，国内的卡盒式磁带录音机与他们的相比相距甚远。日本已经开发出了重量只有百余克、可以随身携带的录音机，并且已经实现量产化；而国内自主研发的产品虽然冠之以“便携式”，不过是在笨拙的录音机上，加了一个把手而已。

日本的录音机除了晶体管更小更耐用以外，更核心的部件是磁力线圈，因为卡盒式磁带录音机的主要功用都是靠消磁——磁化——再消磁——再磁化这样的步骤实现的。他们使用了利用稀土人工合成的高磁性合金——铁钕硼，其磁力比普通的磁铁强大近万倍，只需要一小块铁钕硼就能达到以前非常大块磁铁的作用，因此录音机才可以做得更小。

虽然中国的稀土产量在世界上能排前三名，但实际利用率却很低，绝大部分仅仅是以原砂的方式出口。国内能够生产这种合金的单位更是寥寥无几，而且成本高昂，规模化生产的难度非常大。

由于攻坚难度大，所里对于这个课题也并不上心。用来做实验的磁铁常常被研究人员拿回家去给孩子当玩具，或者整理工具箱时用它吸附铁钉。作为该项目的研究员，我在研究所的位置也是无关紧要、升迁无望，但也不可能被要求下岗，还能够维持生活。

不过我和魏泽的孩子马上就该上高中了，由于我们是双职工，平时就交给我们的父母轮流照顾，只是在周末回到家里。我担心的是，如果有一天我和魏泽离婚了，对于孩子来说，经济上的影响还是次要的，精神上的影响占据优先的位置。20世纪90年代的离婚率很低，我很担心孩子在学校里会受到歧视。所以我们得在周末还保持着和睦家庭的样子，至少外表上如此。

于是，离婚这个念头迅速被否定掉。

我绝望了。今后难道我只能当一只鸵鸟，把头埋进沙子里，假装什么都没看见，什么都没发生吗？

尽管魏泽在商海中不停地挑战自己，但骨子里还是循规蹈矩，他喜欢遵守规定。

“遵守规定”本身既是优点，也是缺点。

比如他从来不闯红灯，不超速驾驶，不在错误的车道上行驶。

但是他有时又太拘泥于规定本身。在学车的时候，教练告诉他要一挡起步，速度超过每小时10公里的时候就换二挡，在转弯的时候要控制时速15公里，并道的时候要打开转向灯，调头时要先向反方向打一下方向盘再转向……其实这些都是无关紧要的，比如我后来学会开车之后，都是直接挂二挡起步，而且拐弯时五十公里的时速也都开过，并道几乎见缝就钻，都没空顾及开灯。这些要求充其量不过就是习惯而已，没必要严格地遵守。可是魏泽不同，他把教练说的每一条都当成金科玉律，任何时候都精确执行。

在这个时候，遵守规定就成了束缚。

20世纪90年代正好是香港电影红遍大陆的时期。那个时候，身着风衣、戴着墨镜、叼着香烟，那副黑社会老大的派头，是很多人向往和模仿的对象。经济上比较宽裕的魏泽正是这种风尚的追随者。他买下了当时是昂贵的象征、如今早已销声匿迹的品牌风衣；特意挑选了不锈钢框的墨镜，因为这在阳光下能够泛起光泽；两指之间夹的是托人买到的外国香烟。他觉得这个样子非常潇洒，实际上却适得其反。

虽然他也学着电影里那样，经常穿着风衣，只要有太阳就戴上墨镜，无时无刻不手持香烟，但是他的形象比电影里的形象要大打折扣。他的风衣总是因为乱放而满是褶皱，戴着墨镜像个盲人，香烟的气味总是呛得别人直咳嗽。

我觉得他丝毫没有品位而言。可是同样的一个人，在别人眼中却是另外一番形象。我的衰老、长时间的沉默敌对，在他看来是对他的轻视，与另外一个女人充满活力的青春、甜言蜜语，还有最重要的——看重他的能力，都形成鲜明的对比。他的选择是不言自明的。

所以留给我的选择并没有多少。

在我再次坐上他的汽车陪着他的客户们游览完城市不到一个月，天空再次降下了大雨。这次幸好是晚上，我已经到家了。那天我做完饭菜，等着魏泽回家一起吃饭。

魏泽回来得迟了，而且到家的时候浑身上下已经湿透了。我连忙替他准备了干毛巾和干衣服，同时问他到底怎么回事。

“车去修了。”他边换边说，“谁知道今天会下这么大的雨啊，早知道过几天再修了。”

“车怎么了？”我问道。

他摇摇头，表示没什么事。“也没什么事，就是启动的时候有点肉。”

“肉？”

“加速慢。刚买的时候，我觉得这车提速挺快的，也就是几十秒的工夫就能提升到100公里每小时了——教练说，100米就应该挂到五挡了。”他喜欢给别人讲知识，而且一说就停不下，“可是这几天总是不太顺利，尤其是今天。今天阴天，难道连发动机都受潮了？从零到十都要好几秒，想换个二挡都需要猛踩油门，特别肉。白天就没事，而且开快了就又没什么事了，比如定速定到时速八十公里就比较稳定。奇怪了。”

说罢，他又开始讲起了开汽车的注意事项，启动、后退、转弯、倒杆……我听得一知半解，不过只是这样长时间说话对我们来说就已经不容易了。

“学车的时候，教练说，每个挡位都有作用，一挡推力最大，所以启动和爬坡的都是用一挡。”他一边吃饭一边讲着，“教练告诉我们要学会验速，就是用眼睛判断车速。比如转弯的时候要时速15公里，就和自行车速度差不多，保持这个速度过弯比较安全。不过这需要老手才行，我现在还是稍微差一点，所以每次到这个时候都要看速度表。”我一边把他换下的衣服往洗衣机里放，一边听他讲，“倒杆是为了停车，倒车时要用右手勾住副驾驶的座位，左手控制方向盘……”

因为他用的东西在当时也算得上价值不菲了，他离开车子前，都会把这些放在身上。没想到今天的暴雨把风衣口袋里的香烟全都打湿了，没法抽了。这可都是进口香烟啊，虽然我不喜欢香烟的味道，可是这样白白浪费了，真是可惜。幸好墨镜还没事。

把口袋里的东西拿出来后，我就把风衣卷了几下，投进了洗衣机里，然后开始翻衬衣。

我立刻僵住了，刚刚才来的喜悦感瞬间消失。

衬衣上有几根头发。长头发。

汽车很快就开回来了，什么毛病没有，一切正常。

魏泽疑惑地继续开车到处转，他号称去拜访客户的频率越来越高，有时甚至晚上也要出去。我已经不愿意去核实真假了。反正他回家，我就照例把口袋里的东西都拿出来摆好，把风衣挂好，免得皱了。至于别人的头发，我都懒得去检查了。

我只是等待而已。

又过了一阵，我接到了噩耗。他在一段山路上出了事故，车子在转弯处冲破了护栏，他不幸遇难。警察说，当时还下着雨，路面湿滑，而汽车在转弯时的速度又过快，在大约每小时40公里的速度下，还是新手的他没能控制住车辆，结果汽车冲下山崖，车毁人亡。

号啕大哭。

然后我离开了研究所，接管了他的公司。随着经济的发展，公司的业绩也算得上节节攀升。

那个雨天到底发生了什么，我恐怕永远也不会知道。但是我能猜出个大概。

他一定是想在转弯的时候将速度降到每小时15公里，但是无论他怎么踩油门，速度表的指针都一直向下掉。为了保持15这个数字，他加大了踩油门的力度，速度应该越来越快，但是速度表却显示不是这样。

到了弯道时，他发现本来应该是同样的速度，汽车的反应却大不相同。

太迟了。

车子的向心力不足，直接被甩了出去，坠下了山崖。

这是个偶然的事故，只是碰巧在那天发生了。

如果不是那天的话，也许就会发生在下一个雨天，或者某个晚上，同样是在转弯时。

只是都不如这一次。如果不是发生在山路上，说不定只是会撞到别的车辆，也不一定会死。

但不会发生在艳阳高照的白天，因为那时他会戴上墨镜。

那天下着雨，没有太阳。所以他摘下了墨镜，按照习惯把它放进了仪表盘里。这副不锈钢框的墨镜他会放在口袋里带回家里，而我一直在研究利用高磁性合金磁化，我手上有铁钕硼——别人可以拿回家逗孩子玩，我为什么就不能拿回家发挥更大的作用呢。

磁铁可以吸引指针，苏联人在U2事件中已经尝试过了。这个故事还是魏泽告诉我的，他一连讲了好几次。一颗小小的磁性螺丝就吸引高度表的指针一直指示在两万米，那么磁性更强、表面积更大的物体能不能让速度表达到同样的效果呢？

魏泽说启动时候速度上不去，他以为是车子出了毛病，其实不是。那是因为速度表的金属指针被墨镜上的金属吸住了而动弹不得。魏泽替我验证了这个办法。

第一场雨给了我杀机，第二场雨证明了这样的方式可行。我需要的只是等待第三场雨而已。

可以肯定的是，魏泽的眼光是准确的，他看到了塑料在生活中的重要作用。还没到21世纪，树脂已经取代了很多以前常用的东西，比如搪瓷、玻璃等，当然还有金属——比如汽车速度表上的指针。

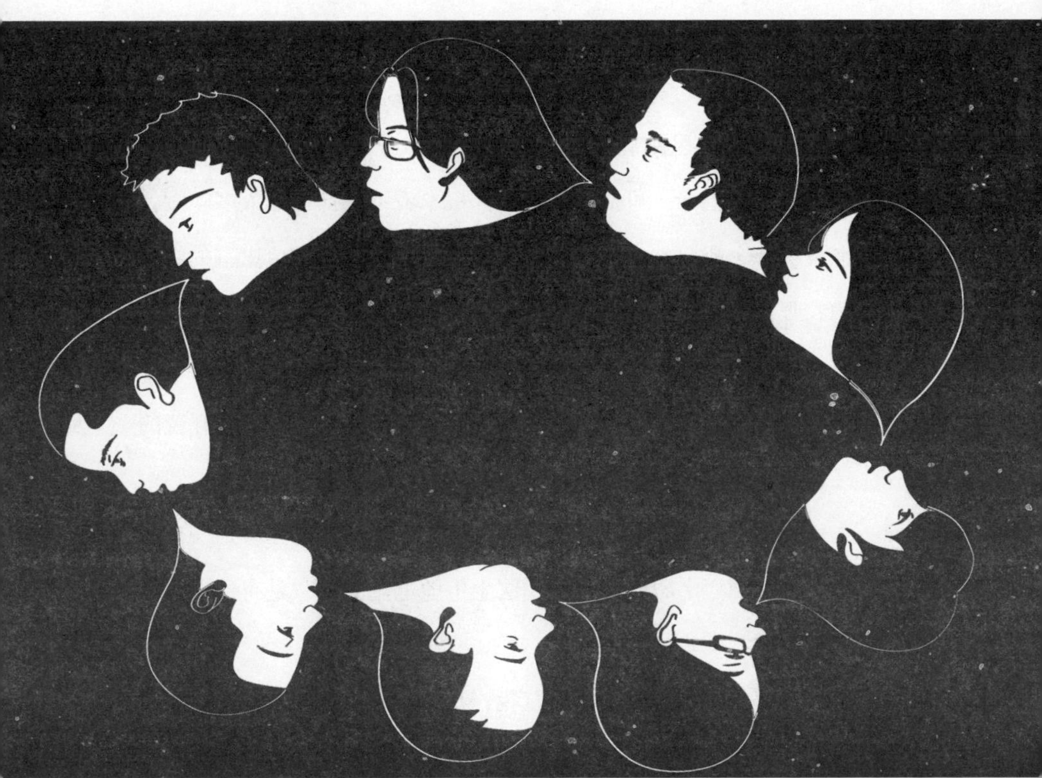

你吃我，我吃他。世界不就是吃来吃去。

轮回 ●朱梦云

我一如既往地背着书包走在回家的路上，这一段以往总是安静得出奇的路，今天不知怎的，热闹非凡。

我仗着自己刚满十岁的瘦小身子挤进人群，学着大人的样子，抬头张望着。可惜个头太小，根本看不清什么，人多吵闹，也没听出个所以然。我只得拉了拉旁边一位穿着红色皮鞋的姐姐的衣服："上面是有飞机吗？"

姐姐摸了摸我的头："小孩子不能看，乖，快点回家去吧！"

我禁不住好奇，从一旁的楼梯口爬上了大人们一直盯着的楼顶。

估摸着有六层，我满楼顶地找着什么，却在拐角看到一个老奶奶坐在围栏上看着脚下，我怯生生地走过去："是有什么奇怪的东西吗？"

老奶奶听到声音回头看着我，我被她盯得有些害怕。"我太累了。"说完她就掉了下去。我愣在原地，还没弄清楚发生了什么就被抱进一个怀里："你这孩子怎么上来的！被吓着了吧？"

我摇了摇头，挣脱怀抱跑回了家。

家里乱七八糟的，一边是争吵声，一边是东西碰撞声，我害怕地躲在墙角。女人拖着箱子边走边吵："五年了！我再也受不了这种生活！我们一开始就不该在一起，现在我必须走！"对方有些崩溃："当初不是你说要同甘共苦的吗？"女人扯了扯衣领："我知道，当初是我太年轻。我们现在的生活没有任何快乐可言！生活，没有同甘，哪来的共苦？"说完甩开牵制的手，径直开门走了出去。"妈妈……"我轻轻地叫出声，女人顿住脚步，冷漠地回头看了我一眼，头也不回地走了。

"没用！"她崩溃在地，不知道是埋怨我还是自己。

她开始终日酗酒，抽烟，不务正业。

终于有一天，她对我说："我们一开始就不该带你回这个家，现在你走吧！我照顾不了你了。"

我不恨她，毕竟作为孤儿，他们至少尽力照顾了我十三年。

十八岁的我开始一个人流浪。

我拖着行李箱漫无目的地在街上走着，不自觉地在一个咖啡厅门前停了下来。店名很特别，是个不知是字母还是数字的"O"。

"请问……你们这里招人吗？"我询问面前这个帅气的男人，"我已经成年了！"我迫切地想解释。他看了我一会儿，笑了笑："招。"

我开始了在这里的新生活。眼前的这个人则成了我的老板。

他似乎知道我的难处，从来不多问，只默默地帮我安排住处，悉心地照顾着我的工作与生活。这对一个初次接触对自己呵护备至的异性和刚结束家庭冲击的我来说，无异于是找到了精神的寄托。

渐渐地，我开始依赖他。十九岁的我坚定地认为他就是我要找的人。我试图跟他表明心意。

这天，我特地穿上新买的红色皮鞋，把他约了出来。我有些忐忑，正思索着待会儿的约会，却发现往常安安静静的街道挤满了吵闹的人。我随着众人的眼光向上望去，隐约看到一个年老的身影坐在楼顶的围栏处。

衣角被扯住，一个小孩睁着大眼睛问我上面是不是有飞机。这种场面可不是小孩子能看的，我摸摸她的头让她回家去。抬头看到不远处他也赶了过来，我对他笑了笑，再转过头小孩已经不见了，估计是回家了吧。

“怎么了？”

我摇摇头：“上面有个老人，不知道是不是要跳楼。”他抬头看了看后叮嘱了我几句就从旁边的楼梯口跑了上去。

他上去没多久，老人便在众人的惊呼声中掉了下来！所有人都吓得大叫，我直接愣在了那里。

当我清醒过来，他正担心地看着我，我一下扑进他的怀里。

等情绪平静下来，我坚定地看着他：“我喜欢你！我想和你在一起！”

他似乎没想到我会这么说，尴尬地摸了摸我的头：“你还小，不懂这些。如果你一开始就知道我是个女的，或许就不会……”

居然用这么可笑的话拒绝我吗？不可置信和羞辱一下子充斥着我整个大脑。我头也不回地转身跑开。

我把自己闷在家里两天，没有上班，也无视她的联系。

不知道是不甘心还是不介意，我下定了决心。

她任我从她钱包里拿出身份证，而性别栏上大刺刺的“女”让我一下冷静下来。“无论怎么样，我都要跟你同甘共苦！我喜欢你，不管是男是女！”她叹了口气，“那现在我先照顾你，直到你遇到真正喜欢的。”

我们开始了我所认为的情侣生活。每天一起工作，一起生活。日复一日，我能感觉到她对我的变化。

二十二岁的我，想跟她组成家庭。

她思索了很久，最终同意领养孩子。在办理了各种复杂的手续之后，一个五岁的小女孩加入了我所期待的家庭。

可是一切没有我想象的那么简单。有了孩子的我们开始矛盾不断，因为孩子，因为生活琐事。不停的争吵使我们疲惫不堪，我们不再沟通，相互之间只有埋怨和嫌弃。

终于在一次激烈的争吵之后，我决定离开。她试图挽留我，我想起有了孩子之后的这五年中只有争吵，态度便更加坚决。事实证明，我们终究无法像一个家庭一样生活。与其最后像仇人一样相互厌恶，不如趁还有一点留恋就分开。

我狠下心甩开她的手，扯了扯衣领说出最违心的话："没有同甘，哪来的共苦？"她没有再纠缠。"妈妈……"角落里那个瘦小的身影轻轻叫出声，我忍住不让自己回头把她抱在怀里，强装冷漠地最后看了那个瘦小的身影一眼，就让我自私到底吧！

我来到一个完全陌生的城市，却止不住地想她，便把自己打扮成她一样的男人的样子。

两年后，我开了自己的咖啡厅。我想了很久，招牌就画个圆圈吧！经过两年光阴打磨的我，已全然像极了男人，只要我不说，似乎没人会发现这家店的老板是个女人。

我正忙着，一个有些落魄的女孩子站在我面前，有些期待地想要找份工作，我仔细地观察了她一会儿，把她留在了店里。

她似乎有什么难言之隐，但是她不想说，我便不问，只在工作和生活上尽全力帮她。

一年多的时间，她从一个害羞瘦弱的小女孩出落成漂亮快乐的大姑娘了。这天，她告诉我："老板，明天我有事跟你说。"我点点头。

第二天我准时到达约定地点，却发现不远处有很多人在围观，她也在。

我正疑惑，她告诉我似乎有人要跳楼，我想了想，叮嘱她一番之后便从旁边的楼梯口爬了上去。刚到上面就见坐在围栏边上的老人掉了下去，而这一幕竟被旁边的一个小孩子看在眼里。我赶忙上去把小孩子抱在怀中，责问她怎么上来的，有没有被吓着，小孩摇了摇头，挣脱我的怀抱就跑了。

我回到楼下，看到她愣在那里，而不远处就是那个老人掉落的地方。

过了一会儿，她的情绪平静下来，却出乎我意料地跟我表白了。我惊讶异常，看了看自己，或者她真以为我是男的了吧。我有些尴尬："如果你一开始就知道我是女的，或许……"还没说完，她就跑开了。

她没来上班，又不接我电话，我有些担心。

两天后，她更加坚定地站在我的面前，当确定我是女人后，却依旧坚持。我有些无奈，毕竟她还只是个十九岁的小姑娘，而我已经三十的年纪提醒我不能那么幼稚。我只得先答应照顾她。

从那以后，我们的相处似乎变了个模式。她可爱、善良、体贴，而我也开始被她吸引，渐渐默认了我们的关系。

后来，她说想跟我组成一个家庭，领养一个孩子。三十三岁的我动了想安定生活的念头。我答应了。

家庭模式的生活却不尽如人意。我们不仅没有体会到完整的家庭带来的幸福，矛盾却与日俱增。原来有些问题只有在家庭生活中才会出现。

我们开始不断地争吵。终于有一次，我们大吵了一架，她狠心地说完"没有同甘，哪来的共苦"之后就走了，头也不回地走了。

我伤心欲绝，整天不是喝酒就是抽烟。无暇顾及自己，更无暇顾及孩子。我看着懂事的孩子日渐长大，这么多年，没让她感受到家的温暖，似乎还让她吃了更多的苦，或许我们当初就不该领养她吧！“我照顾不了你了。”我放走了她。

没有亲人，没有家庭，没有事业，没有爱人。我觉得自己一身轻，没有任何的牵挂。

我拖着疲惫的身子走着，明明才四十六岁的我，步伐却像六七十岁的老人般。我捋了捋凌乱的头发，发现脱落在手上的发丝都已经白了一半。

爬到楼顶，我有些气喘吁吁，坐在围栏上看着太阳慢慢落下，心里前所未有的释怀。脚下嘈杂得很，不知道什么时候底下站满了人。

“是有什么奇怪的东西吗？”一个稚嫩的声音从后面传来，我转过头去，忽然觉得有些似曾相识。

“我太累了。”

我闭上了眼睛。

以为掌控一切，即离失控不远。

重逢 ●银鹿

林德开车技术还算可以，可是停车水平就不敢恭维了。他匆匆把车靠在路边，车头还甩到路上。幸好这里道路宽畅，不会堵塞交通。

说起来，我们相识也是因为违章停车。那天妻子急病，我扶着她出门，路却被汽车严严实实地堵住了。别说出小区打车了，连楼道门都出不去。当时我焦急万分，在楼下连喊带骂让那混账司机赶紧移位。那混账司机，不用说也知道是不善停车的林德，倒也不还嘴，三两句问明情况，直接驾车带我们直奔医院。得益于抢救及时，没有大碍，于是我也得以结交了这么个朋友。

待他锁好车子拿上手包，一起走进饭馆，时间刚刚好。此番朋友小聚，是庆祝某位朋友终于步入婚姻殿堂，享受围城生活了。这几位朋友都在而立上下，而我虚长几岁，且结婚较早，有时他们会为类似问题请教经验。这次这位新郎更是加诸虚荣于我头上，非说攻下那位美女全赖我那寥寥的建议而得以成功，主动请缨要求做东宴请。筵席之间，也多次在朋友面前提起，溢美之词远甚事实，推辞不下。无奈之下，唯有把酒言欢、大快朵颐而已。

酒足饭饱之后，互相祝愿便各行告退了。林德又将我拉上车，送我回家。他亦在被邀之列，于是我荣幸得此免费乘车之便。回程途中，闲聊两句，便闭目养神。

“你休息了吗？”耳边传来司机的声音。

听罢我急忙起身：“没有没有，只是有点累。怎么了？”

他挠了挠头，犹豫着说：“以前还真不知道你有这么丰富的经验，在，呃……”

我哈哈大笑：“那都是他们胡说的，夸大了。”

“想不到你的才能这么广泛。”

他似乎话中有话。我借着酒劲，便追问下去。“你女朋友要和你分手了？”言毕，又觉得此话不妥，急忙掩饰说，“说说，我来帮你分析分析。”说罢，觉得又失言了，刚被夸奖两句，就忍不住冒充专家。急忙再想解释，时已不待。

林德开始了他的叙述：“根本谈不上是女朋友，我只是和她出去吃过几次饭，兜过一次风而已，之后她就好像突然消失了似的，一下子没了联系，好久没消息了。”他犹豫着，“上上周她突然发短信给我，问什么时候有空一起去看电影。我当时还吓了一跳，以为她手机丢了，有骗子盗用来着。于是我就打电话过去，结果是她本人接的。我反正最近也闲着没事，（他露出难为情的神色）自然说任何时候都有空了。她建议当天晚上就去。咳。

“我就问用不用我来安排，何时去接她。可是她却什么都没说就挂掉了。后来又发短信告诉了地址和时间。我比约定时间早到了几分钟，发现她已经等在那里了。说实话，我还很少遇到她不迟到的时候。话说电影很无聊，我差点睡着了，中间去了好几次洗手间——对了，其实在看电影前我们先去吃了饭，我本来想借机和她多聊聊，可是一直问她也没有什么回应，还被劝喝下很多饮料。

“那顿饭吃得也很匆忙，我还想多问问她的近况啊，工作啊，身体啊，精神什么的，尤其是她姐姐九个月前得了急病过世了。她好像一直对这事念念不忘的。可是她好像对此并不关心，总是看表，担心错过电影——那电影真没劲，真不明白为什么她会如此期待。她还总给我添饮料，可我不觉得她还记得我说话多了嗓子不好……咳咳，不好意思。说着就来了。”他低头摆弄着手包。我连忙拦住他，让他专心开车。问清楚了原来是找随身必备的润喉药，我打开他的手包，找出了市售的普通药罐，倒了一片给他。

趁着他吃药的短暂停顿片刻，我接过了话：“你们再之前是什么时候联系的？”虽说是好久，但说不定他们只是一周没见。时间是个奇怪的东西，明明有准确的度量方式，可是每个人却感觉各不相同。

“我和她上次联系，嗯，还是在三四个月前吧。啊，也不是，好像发过几次短信，不过只是‘节日快乐’什么的，群发的那种。她好像回了吧，忘记了。”

那就是三四个月没联系了。所谓的节日祝福短信除了告诉接收者，我的号码依然没变以外，根本没有任何作用。“那么，片子是她选的喽？”

“是啊，我到的时候她已经买完票了。那片子太无聊了。”

“也许她关注的不是看什么，而是和谁一起看。”我们小时候都学过《钓胜于鱼》这篇文章，鱼有的时候只是次要的。“你们看电影的时候聊天了吗？”

“我也希望——可她总是叫我别影响别人。尽管电影院里几乎没有别的观众。”说着，他若有所思地摇了摇头，“我宁愿不看电影，只和她聊天。但我不觉得她想。如果她不在关心时间的话，就是在看外面的风景。我觉得她之所以总是给我添饮料，只是为了堵住我的嘴。”

“别这么悲观。要是如你所想，她干吗约你？难道是图你们家的钱？”我打趣道。

“所以我才奇怪的。”他虽然目视前方，但是思绪已经不知道飞到何方了，“看电影的时候我还想呢，如果不是我知道她的经济状况，我真觉得她想找我借一百镑。”

“为什么是英镑？——而且一百镑也不过一千块人民币而已，借就借吧。”

“我只是引用小说里的话而已。我不觉得她需要借钱。”他继续说道，“而且，更奇怪的事情还在后面呢。”

“她又要请你吃饭了？”

“才没有呢。她失踪了。”

“失踪了？”我一激灵，怎么突然变成了罪案，我们不是一直在聊他的感情问题吗？

“不是，是我又联系不上她了。短信也发过，电话也打过，也给她的微博写过私信。刚开始还说‘现在很忙，过一阵再联络’，后来索性连这种程度的敷衍都没有了。”

自然而然地，我问道：“你怎么惹到她了？”

“应该没有吧。那之后我只不过和她通了几次话而已，而且从第一次开始，她就不停地说很忙什么的。”

“你没试着再约她？见面聊也许会更好。”虽然这么说，但实际我猜到答案了。

“她在忙，每周七天，每天二十四小时。”说完，他叹了口气，“也许这么说您不相信，但实际上我觉得我一点机会也没有。只是我想不明白，为什么她突然又联系我，然后转眼间又不联系了。总不会她想保持联系，说不定哪天还会需要？而且我也不知道她需要我做什么。”

“这么说起来……”我也没有想到任何答案，听上去更像是那女孩想找谁陪着而已。

“啊，对了，我突然想起来，还有点奇怪的，”林德一拍脑门，“我的手包被人翻过了。”

“你怎么发现的？”

“那天我到家，找钥匙开门的时候，发现包里面的东西乱了。”

“丢了什么？”啊哈，我猜那女孩就是为这而来。她不好意思当面开口借钱，而是在他不在的时候自行取用了。可怜的林德，尽管他不愿意承认，但还是充当了提款机的角色。

他面露困惑的笑容：“什么都没丢。这才是奇怪的地方。”

“没丢钱吗？”

“我的钱包放在身上。卡也是。”他解释说。

“可那女孩子知道吗？”我追问道。

他迷惑地回答道：“当然。付晚餐钱的时候，她都看见了。你为什么要问这个？你该不会怀疑……”

趁着他还没说出口，我连忙转移话题：“对了，我该称呼这个女孩子什么呢？我总不能一直用‘她’吧？”

他犹豫了一下：“嗯，那就用‘A小姐’这个名字吧，我觉得没必要说出她的真名了，反正她也不会出现了。我也是闲来无聊才问的，其实现在这件事情已经无关紧要了。”无可奈何的笑容又浮现在他的嘴角，“即使我想，又能如何呢。再纠缠下去，只会让她觉得我讨人厌而已。”

我沉默着，没有必要在他自我感伤的时候大放厥词。于是我回想着刚才打开他手包时看到的东西：药罐、钥匙串、充电器、名片、纸巾、记录本和笔。没有别的了。

目标是钥匙吗？如果是想复制，也许可以印在口香糖或者橡皮泥上，可是钥匙串上至少有十几把钥匙呢，她能分辨出哪个有用、哪个没用吗？她随身会带这么多橡皮泥吗？如果林德是个掌握机要的人，这样做也值得。可实际上他只是个普通平民而已。记录本同理，里面没有商业秘密值得窥探。难道A小姐发现了他是一个没有价值的人，所以不再联络了吗？

如果这是件商业间谍案件，那么三四个月前她就已经得手了，没必要大费周折引人注目地再搞一次。

那包里面还有什么呢？除了……名片！

我赶紧问道："你包里有多少张名片？"

"呃，几十张吧，我没数过。"林德迷惑地说，"问这干什么？"

"你以为你没丢的东西，其实你丢了——你的一张名片。"

他完全不相信："你的意思是她偷了我的名片？如果她想要，我可以给她啊，随便多少张。只要她说一声就好了。"

"不，不是这样，她需要的不只是名片，还有你。"我觉得酒精在体内慢慢起作用了，神志也变得飘飘乎起来。

"我？"他尴尬地笑笑，"我唯独觉得她不需要我。"

"恰恰相反，她需要你——来演一场戏。"

他摇摇头说："我不明白。"

"你说她在吃饭时不怎么聊天，不是看表就是看窗外。（他点了点头。）那不是因为你无聊，也不是因为担心电影开演。她是在找人，或者说，她是想让人看到。她给你添饮料不是为了堵住你的嘴，而是为了让目击者觉得你们非常亲近。你们一起看电影，其实都是她一手安排的对吗？她指定的地点和时间，而不是和你商量后确定的。你说过，你问过她，她却没立刻回答，而是之后发短信通知你的。这是因为她要确定目击者的安排。她不需要你去接，也没让你送，因为这些都是目击者看不到的。也许目击者会晚来早走，这并不重要，她需要的就是那一刻——”

他满脸的问号。

“她被人看到和你——一个男人，在一起愉快地共进晚餐。”

“这顿晚餐可并不愉快。”

“可是她不会让A先生知道的。”

“A先生？他是谁？”

“A小姐的一位老朋友，老到已经意识不到她的存在。一旦你习惯了拥有什么东西，你就会忽视它，直到你即将失去它的时候。对于A先生也一样，他也许根本不喜欢A小姐，可是如果他要失去她了，那就另当别论了。当他看到了需要他注意的那一幕时，意识到自己将会失去她时，必然在心中激起火花。”

“那名片呢？”

“名片会在适当的时候出现，证明着你的存在。这时A小姐大概又会拿出你的通话和短信记录，让A先生意识到危机无处不在。只有这样，才能刺激A先生的占有欲。可怜的A先生恐怕一直会以为是自己‘夺回’A小姐的芳心，而不是恰恰相反。”

“好吧，不管怎么说，还是谢谢你。”听上去他有些失意，但幸运的是他随后一直保持沉默，直到到达我们的小区。

停车的时候，他问道："从她不再愿意回应我来看，他们已经成功了——或者说她已经成功了，不是吗？"

"恐怕是这样。说不定你还会接到婚礼的邀请。"

他耸了耸肩笑着说："说不定还会把我当作介绍人了呢——是我促成他们结婚的。"

我以大笑回应了他。

然后我再也没见过林德。

直到一个月后听到他自杀的消息。

林德的死亡本来是可以避免的，却因为救护车被违章的停车堵在外面而耽误了时间。如果他能早点到医院，其实还来得及。很不幸，他的车再次堵住入口。

不仅仅是我，包括他的父母、朋友，谁都想不出他突然自杀的原因。我们猜测了各种原因：工作压力、投资失败、情场失意，甚至交通事故后的负罪，都被一一推翻了。事实是，他毫无征兆地吞下了剧毒，随后撒手人寰，间隔仅仅是一个小时。当时他独自在家，在痛苦难耐的生命最后时刻，他拨通了急救电话。救护人员也竭尽全力，还是未能成功。

由于没有遗书，最开始警方怀疑是谋杀。但是经过询问，包括我也被问询过一次，却没有证据。林德有交恶的人，但没有到非杀他不可，而且他们也有不在场证明。现场没有打斗过的痕迹，毒药不是被迫服下的。房门被锁住了，钥匙在他身上。而且也没有陌生人在那个时间进入过楼里。房间里没有招待过来宾的样子。在弥留之际，有救护人员问过他是否被人所害，他明确地摇了摇头。而他服用的砒霜，在他家中或楼宇或他经过的其他地方，没有发现其来源，因此排除了意外的可能。最后，警方只能认定是自杀。

考虑到之前的那次车内谈话，我对警方提出了自己的怀疑，即他的钥匙短暂地离身过，凶手可能有机会借此作案。可是警方调查确定，没有人用类似的钥匙印去配过钥匙。尤其是他家的防盗门锁很复杂，单靠橡皮泥之类的钥匙印并不能完全复制。这条线索也断了。

真的只是不堪忍受生活压力而变得精神脆弱，因此而自杀了吗？这样的结论太潦草了。

这不是理由，仅仅是借口罢了。是什么促使他这么轻易地结束生命呢?

也许那次重逢是他自杀的诱因？我突然想到。可是果真如此，那么相隔的时间太远了。他为什么要等足足一个月之久呢?这毫无道理……不，难道他去验证我说的是否属实，所以他在寻找着那位A小姐婚讯的蛛丝马迹？我婉转地向共同的朋友们打听过，却没有人听说过这位神秘的女朋友。难道她只是一个杜撰出来的人物，而他编造这个故事仅仅是拿我寻开心，作为酒桌上谈话的余兴节目？可是他的叙述充满了细节。这些细节不可能是临时编造的。

所以，她是真实存在的。他一定是去寻找那位即将取代他的A先生的踪迹，并证实了这个猜测。随后，在绝望中，他选择了这种离开的方式……

所以，如果那天我们没有聊起这段故事，我没有在酒后夸下海口，给了他迎头痛击，那么他还会因为保有幻想而持续无谓的努力，虽然不停地失败却可以继续活下去。是我为了那个无聊的虚荣而打破了他的幻想。我没能阻止他离开，但至少我可以找到他离开的原因，告慰他的父母、朋友，不让他死得不明不白，不让大家胡乱猜测。不管怎么说，这是我欠他的。

如果他真的像我想象的那样开始行动，那么我可以先从没见到他的一个月里开始了解：他到底干了什么，追查到了什么。我打开了电脑，拿起了电话，开始了询问。

令人失望的是，遍寻一圈之后，竟然没有得到任何有意义的情报。在过去的一个月里，林德的行踪和平时一样：按时上下班，定期和朋友吃饭。没有任何调查的样子。

既然如此，那么我就估计错误了？他根本没在意这些？可是他听完我的观点后，失望是确确实实写在脸上的。

不对，这么查是错的。既然都没有朋友听说过她，那么再怎么问也问不出来。也许这个人是他同事，他只要在上班时候留意一下她的左手无名指就行。

他可以这么干，那么我如何证明呢？我不可能举起每个少女的左手吧。一定还有更简单的办法。我凝视着电脑屏幕，良久没有想出任何方案。

电光石火之间，我突然意识到，我不是正对着最先进的工具吗？现在还有什么事情在网络上找不到呢。

我没有林德的相关网络密码，我仅仅加了他的微博。微博不是最公开的信息吗？他肯定加了那位无名小姐，要不怎么写私信呢。然后再调查一下那位小姐的微博不就结了。那里面肯定有A先生和A小姐两人的近况，如此一来不就证明了我的猜测嘛。那之后呢？是否把他的近况也通知这两个人呢？他们是否会因为利用了他而感到负罪感呢？唉。

也许关心他们的反应还为时尚早，因为他关注的人足足有一百人之多。如何从中筛选出想要的那个人呢？

我尝试着先去除机构/团体之类的，不管怎么说，“X国驻华使馆”肯定不是他追求的人会用的名字，诸如此类的还有“酷图”“幽默集锦”等。其次是公众人物，比如明星或者专家之类。

之后还剩下六十多人，那么再去除所有的男性。最简单的办法是看头像，再有是提到比如“真倒霉，刮胡子刮破嘴”之类的男性特质的。经过两轮筛选，还剩下二十多人。

如果那位神秘小姐要利用他当掩护来刺激别人求婚，那么可以把结婚很久的和有孩子的再剔除了。这样下来还剩下十五个人。

好吧，剩下的十五个人如何处理呢？总不能挨个儿问一遍吧。我又不知道他和A小姐是什么关系，也许是校友，也许是同事，说不定还是偶然遇到的。所以就算是有相同的教育背景、相同的工作单位也不能说明任何问题。

那么我应该怎么做呢？啊，有了。那位A小姐让林德去选时间，这说明他们居住在同一座城市，否则根本不会让他来挑选时间。哪怕是长时间出差，至少也要指定时间范围吧，不可能信马由缰让他随便选。候选人又少了五个。

但是，十依然是个很大的数字。下一个筛选条件是什么呢？

他们是在什么时候约会的呢？一个月之前，林德说是上上周，那么就是一个半月之前。至少A小姐没有在那天出差、旅游或者因为加班而脱不开身。试一下，找一找那个时候不在本市，或者一直加班的人。很幸运，又少掉二个。

余下的八个人，我就再也想不出任何办法。就算我翻遍他们的记录，也不一定能找到什么信息，更何况我也没有这么多时间。光是初步筛选，我就已经花费了两个小时。

还能有什么限制条件吗？最近有没有结婚？可是说不定现在还没到这一步呢。那么只是秀一下新近的男朋友？要是她没这么做呢？必须是确定无疑的证据才行，否则就算选出来也毫无用处。

给剩下八个人发私信，问他们中的谁在一个半月前和林德出去看电影了吗？这根本不是办法。十有八九被当作神经病而不加理睬。

唉，回想起来，我为什么突然要把找到林德死亡的原因当作我的责任呢？只因为我说了那番话吗？这会是他自杀的缘由吗？归根结底那只能说明他心理承受能力差，而不是我的错。回忆起过去，我欠过他什么吗？我什么也不欠他的，而且……

他救了我妻子的命。当时是他开车送我们去的医院。如果没有他，我们还不知道要拦出租车到什么时候呢。说不定妻子会因为来不及到达医院而发生不幸。是他让我妻子没死。

等一下。他还提过什么和死亡相关的话题？是的，他提到过。他说过那位A小姐的姐姐死在九个月前。如果是十，那可能是概数，指的是九也可能是十一；但是九不是，这是实际的数字。加上已经过去的时间，那么在十个半月前，提到亲属过世的，就是那位神秘的A小姐无疑了。

浏览到第四个人的资料时，我找到了希望看到的内容。在预期的时间段中，她提到了姐姐的过世。

毫无疑问，就是她了。我大喜过望，高兴之余，我继续读了下去，在看到她姐姐的死因后，我呆住了。

这是那件事的重演吗？

不，不是，这才是真正意义的缘起。

一瞬间，我脑海里又浮现了另外一种推理，而且把之前的那些撕得粉碎……从一开始我就错了，而且错得离谱。

我不停地回忆林德和我说过的话，然后不停地修正着最新的推理。如果这是真的话……

我花了两个小时不断地修改着这封要发给A小姐的私信，最终我却只写下了我的结论，并留下了联系方式。

当天晚上，我收到了一个陌生号码发来的短信，约我明天在咖啡厅碰面。

我按时到达了约定地点，通过电话联络，我马上就找到了她。双方交换了一下姓名，之后没有任何寒暄就直奔主题。

我先是问了她是不是林德的朋友，她既没有同意也没有否定，只是说认识。

她并没有问我是如何找到她的，而是问我需要什么饮料。点过饮料后，我开始向她复述林德和我的谈话，之后我又向她讲述了我的错误推理。

“听上去很有趣。”她不置可否地笑了笑。

“可惜这是错的。”我当时太执着于把问题限定在所谓的感情问题里，一方面错误地解读了证词，另一方面又对不合理的地方视而不见。“我忽略了很多显而易见的证据。”

她皱皱眉：“哦？说来听听。”

“首先，如果是为了演戏，那么准备的时间太短暂。林德说他什么时候都有空，你就立刻把时间定在了当天。这样太仓促了，你根本就没和那个观察者联系就确定了，如果没有观察者到场，那么这一切都没有意义。你显得太着急，不像是这出戏的导演者。”

“哈，说不定那个……你称呼他什么来着……观察者，说不定他当时正好有空呢。”

“其次，你提前买好了票，而且是马上就要开场的电影。你留给晚餐的时间太过短暂，如果是为了给别人看，那么你应该买更靠后的场次，这样才能给观察者更多的机会，自己也可以有更多的机动时间。”我继续否定着自己。为什么当时我没有想到呢？他曾经反复提醒着我，这里面根本没有任何爱情故事。可我还是一厢情愿地把这看成是一部有悬念的感情游戏。

她再次提出了反对意见：“也许这只是为了避免没票。”

“但是观众寥寥。”网上公布过它的票房，可以用惨不忍睹来形容。

“那也要进了电影院才知道，不是吗？”

“如果你这么认为，也没有错。”我点了点头，“第三，在那本来就很匆忙的晚餐中，你却更关心如何早点结束它。你总是在看表，而不是关心共进晚餐的人。如果是想让人觉得你们关系亲近，这样的举动可不是正确的选择。”

“也许是不想错过电影。”

同样，网上也有评论。“那部电影可是出了名的无聊啊。”

“可是提前买了票啊，不想浪费而已。”她架起了胳膊，把身体靠在沙发背上。

理由又转了回来。

“进了电影院，你又怎么能被看到呢？那里面将会漆黑一片。”

“观察者自然会有一双锐利的眼睛。”她调侃道。

我不愿意在这方面继续纠缠下去，于是直接问道：“可是你没法解释，你为什么不愿意多待在更容易看见的地方，而愿意把时间花在不那么容易被看见的地方。如果是真的为了演给谁看的话，那么你为什么要匆匆结束晚餐，执意要离开一个方便别人看到你的地方；而且宁可忍受无聊的剧情，也要躲到黑暗中去呢？这都和‘观察者’理论恰恰相反。”

她忍不住笑了：“这是你的推理，我本来就不需要解释。”

“你说得对，这是我的推理，而且还是错的那个。”事实上，她并没有解释，每次她的反驳都没有出现代词，而且每次都是用“也许”“大概”这样的表示可能性的词汇。在心理学上，说谎的人会避免用“我”，以把自己和谎言分离开。

我低头看到我们点的饮料，此时已经放在了桌子上，可是我们没有人伸手去碰。就在我们沉默的时候，从我们后面的座位上，传来了一对情侣欢快的笑声，他们也许在热切地讨论着光明的未来。他们之间的气氛是那么的愉快，映衬着我和A小姐之间互相警惕的冷漠。虽然我们同样有调侃，一样有笑容，可我们谈论的却是过去，那里充满了死亡，以及随之而来的另一场死亡。

“因为在这两件事情中，电影才是关键的那个，而不是相反。”我继续说道。

她只是闪了闪眼睛，什么也没说。

“林德说，在看电影期间，他三次离席去洗手间。联想到之前吃饭时，你不停地让他喝饮料，他的离席原因也就不难猜了。他的离开，正是你等待的机会。”我停了一会儿，但她还是没有响应，于是我又解释道，“如果是在餐馆里，总会有人看到你的行为，毕竟是在大庭广众之下。虽然没有危险，可是你依然有着各种担心。但如果是在电影院里呢？一切都被笼罩在黑暗中，这才是你选择看电影的原因。你需要的是黑暗，以及他的离开。”

“我又能干什么呢？”

“有朋友在旁边，就算有再重要的东西，他也不至于带着手包去洗手间。”我没有直接回答，“可是等他到家，却发现自己的手包被翻过了。”

她出声打断了我：“是你说过的，他什么也没丢，对吗？”

“没错，他什么东西都没丢。”我点点头。

“你现在不会又要重提复制钥匙的理论吧？”她的嘴角浮出了一丝笑容，“你自己也说过，警方否定了这种说法。”

我同意她的说法：“是的，不可能复制钥匙，也不需要。”

“那你还坚持你的结论吗？”她把身体向前靠了过来，把胳膊支在桌子上，用同情的眼神看了我一眼，说，“而且，在他自杀的那天，我有不在场证明。你还认为是我杀了他吗，即使警方认为这是自杀之后？我想现在已经能够澄清自己，也能结束你的盲目猜疑，对吧？”

我摇了摇头，表示反对。“那天，他的包被翻过之后，的确什么都没丢。”我盯着她的眼睛，“那是因为里面的东西更多了。”

她的眼睛里出现了一丝惊慌：“那他怎么没说呢？”

“因为他根本没有意识到多黑暗童话了什么。”我回忆起他在车上时，吞下润喉片的情景。如果那时就恰好是那片有毒的片剂呢？会不会我也……后果不堪设想。“你在那时，把一片毒药放进了药罐里。”

她只是笑了笑，没有回答。

“林德是砒霜中毒而死的。砒霜的致死量只有0.1~0.2克，而一片药片足足有0.3~0.5克，要想让它里面含有足够致死的成分，这点重量已经绰绰有余了。我问过了一些懂药剂学的朋友，他们告诉我，靠自己来制成片剂完全是可能的，市面上有售做药的小型制片机，每次可以制作40片左右。即使不用制片机，只要能够找到合适的轧制机，外加一台烘箱就够了。或者在大学的实验室里也可以加工。总之方法有很多。而且，我还特意询问了这些朋友，为什么警方找不到砒霜的来源，如果这枚药片和这么多药在药罐里一起，哪怕一次轻微的碰撞，也会留下至少分子级的痕迹。他们看了那种普通的润喉片之后告诉我，恰好这种片剂外面有糖衣。只要糖衣是无毒的，就不会留下痕迹，因为它把有毒的成分包裹在里面。可是当林德服下药片后，糖衣就在体内溶解了。等药效发作时，整个药片已经在他体内消失得无影无踪了。这就是为什么警方找不到毒药的来源。”我一口气说了很多，可是这还没有结束，“你是如何发现他有这个习惯的呢？两个可能：你和他约会过，然后记下了；或者在那之后你打听到或者观察到的。毕竟他有三四个月时间没见你了。这些时间做准备的话，已经足够了。等一切都准备就绪了，你对他发出了死亡邀请，而他也如你所愿地前来，一切就顺理成章了。然后你只需要等待就够，总有一天他会把那片夺命药服下，那个时候，你有没有不在场证明其实都无所谓，因为再怎么样也不可能怀疑到你头上。你完成了一场天衣无缝的谋杀。”

“你说完了？”她等了一下，问道。

我表示同意。

“那好吧，让我问一个俗套的台词吧：你有证据吗？”

我毫不隐瞒地回答说：“没有。”

“我想也是的，如果你有，你就应该通知警察，而不是我。”她微笑着，“现在我只能说你的故事很有趣。”

“根本不有趣。他本来不会死，可讽刺的是，他自己停的车挡住了救护车的路，结果耽搁的几分钟恰巧要了他的命。”我看得出，她根本不是在笑，只是在掩盖悲伤。可是这样的悲伤不是留给林德的。“同样的悲剧再次重演了不是吗？”

“如果他学会把车停好，就谁都不会死了，从一开始就不会。根本不会。”她的笑容消失了，取而代之的是愤怒和哀伤。

林德说过，他们之前最后一次约会是开车兜风。可能她就是那个时候认出这辆车的，这辆违章停泊、挡住了救护车来路的汽车。就是这辆车，夺走了她姐姐的性命。如果不是那辆车，如果不是那耽误的额外几分钟，她姐姐还可以被挽救。可最终还是迟了一步。她的愤怒造就了另一场同样的悲剧。

林德违章停车的一再重演导致了惨剧的发生，她与那辆车的再见引发了杀意，林德与她的重逢带来生命的终结。

我看着潸然泪下的她，想安慰却无从入手；想平息她的怒火，也不知该如何是好。“我为你姐姐的死而惋惜。”我喃喃地说。

还有林德。

他可曾想到，是一次死亡带来了他们的重逢，而另一次结束了它。

At that time, I was zhenjing.

在你家门口伫立一整个冬天，只是想洗个热水澡。

蓝狮子 ●邵彦祖

也许这里从来就没下过雪，你真的来错了地方……

也许她从来没有来过这里，你真的找错了人……

也许她从来没有离开过，你真的是错过了很长时间……

一只蓝色的狮子，在这座森林已经辗转了很长时间，他是从另一座森林来到这里的，是为了找一只兔子……

那时他是阿尔莫森林的百兽之王，有锋利的爪牙，他喜欢特立独行，因为他认为，这就是丛林法则！

他也不知道为什么，自从有记忆的那一刻起，自己就有一身蓝色的毛。小时候，经常受到其他小狮子的嘲笑，有时候会跑到森林深处一个人长啸。妈妈告诉他：蓝色是天空的颜色，你是上帝赐给我们的礼物！

这只狮子，空闲的时候，总会盯着蔚蓝的天空看，然后抬着头，也不说话，也从来不会理睬别人。看着蔚蓝的天空，总是在想某个森林里还有一群蓝狮子，他们和自己长得一样，他们的爸爸妈妈还有兄弟姐妹都是一群蓝狮子！

他不喜欢和同伴一起出去，他怕别人嘲笑他蓝色的毛。蓝狮子喜欢一个人在森林里奔跑，从而也练就了他的速度和锋利的爪牙。他出手特别快，也特别狠，因为他不想听到别人的悲悯，因为这就是丛林法则……

十二月的风总是刮得很烈。这里一年四季都不会有季节的明显过度，好像昨天还是艳阳高照，今天就落叶纷飞。阿尔莫森林已经进入了冬天，树叶已经脱落，草也枯萎了，能够吃到的食物越来越少，即使森林里的百兽之王也不得不面对这样的困境。在食物面前，没有自尊只有生存，那些冬眠的动物提前做了准备，他们需要做的就是闭上眼等待春天。

蓝狮子在森林里转悠了好几天都没找到食物，两眼中除了对食物的渴望，就是莫名的憎恨。

正当蓝狮子暴躁地寻求食物的时候，突然看到前面不远处有一窝兔子。他们在寻找冬天的食物，比狮子幸运的是他们还有一些草可以吃，但他们不知道很快就要成为狮子的食物。

也许是多年的盛气凌人的习性，蓝狮子发出一声怒吼，急速向这群兔子冲过去。兔子们听到声音后，赶紧向自己的窝里逃窜。对食物的迫切渴望使蓝狮子在后面紧追不舍，前面的兔子们更加害怕，都奋力往前跑。蓝狮子越来越近了，就在这时，跑在最前面的一只兔子，突然转过身，朝蓝狮子冲过去。所有的兔子都惊了，蓝狮子有些诧异，但并未改变速度和方向。那只兔子加快了脚步，冲着蓝狮子纵身撞过去，蓝狮子也在空中纵身一跃，怒吼一声，一爪子将那只兔子拍在地上，张开大口，正准备吃，抬头却见其他的兔子都已经消失了。蓝狮子又怒吼一声，张开大口朝兔子咬过去，低头却看到这只兔子长着一双蓝色的眼睛，他顿时定住了。他确实饿极了，天都快黑了，不知道自己还能不能撑到明天。他朝天怒吼一声，低下头朝兔子闻了一下，把爪子慢慢从她身上抬开，说：你走吧……

蓝狮子转过身低着头慢慢离开，蓝眼睛的兔子跑开了，很快就消失了。蓝狮子回头看了一下，一爪子拍断旁边的树干，树枝被拍得粉碎……

兔窝里，大家都在哭泣。兔妈妈一遍垂泪一边说：我要是跑慢一点就好了！兔爸爸闷着声不说话，就静静卧在那里，旁边兔子姐妹们都还没有从惶恐之中清醒过来！

蓝眼睛兔子回来了，旁边的姐妹看到站在门口的她又是一脸惊恐，兔妈妈顺着方向看过去，一把抱住蓝眼睛兔子一边责怪她说：你疯了吗？

蓝眼睛兔子说：我不想失去你们。

兔爸走过来说：那个蓝色怪物，为什么没有伤害你？

蓝眼睛兔子说：我不知道，或许是因为我没有打算回来吧！

兔爸脸色阴沉地说：“这个地方太危险了，又没有食物，从明天开始我们去另外一座森林！”

兔妈想要说话，兔爸瞪了她一眼，兔妈也就不说什么了。蓝眼睛兔子要说话，兔妈一把把她抱在怀里，没有让她继续说话，其他的兔子都点头同意。

第二天，兔子一家就要搬家了，要去远方的另一座森林。

蓝眼睛兔子早早起来，趁着大家都还没有醒来，去找一朵蓝色的花。她害怕去的那个地方没有这样的花，她悄悄地来到地方，手里摘了一朵下来，刚把鼻子凑过去，在不远处却看到了那头蓝狮子。他的气色看上去比昨天好了些，蓝眼睛兔子有些害怕，转身想走，蓝狮子却叫住了她说：这是你昨天丢下的花，我把它都捡来了！

蓝眼睛兔子感到有些诧异：不用了，这里还有很多，我带两支走就行了。

蓝狮子说：你是不是要离开这座森林？

蓝眼睛兔子低头看着地上开的蓝色花，没有说话……

蓝狮子说：告诉我，你去哪儿好吗？

蓝眼睛兔子从地上捡了两朵昨天的花，花还很鲜艳。她没有说话，转身离开了。

蓝狮子在后面喊了一声：告诉我，你去哪儿好吗？

蓝眼睛兔子转过头说：去一个有雪的地方……说完，就奋力跑开了。

蓝眼睛兔子跟随家人去了另一个地方，一路上她心里感觉怪怪的。她小心翼翼地向兔爸说：我们有没有可能有一天和狮子做朋友呀？

兔爸一脸愤怒地说：根本不可能，你难道还不知道吗，他们是吃肉的，我们是吃草的！

蓝眼睛兔子也就不再问了，跟着家人去了一个自己都不知道的地方……

也不知道过了多长时间，兔子一家来到了达卡西森林。这座森林很安全，没有杀戮，没有残害，只有一些比较弱小的动物。因为在达卡西森林不远处，有一座美丽的城堡，王子每个月都会来这里狩猎，为了王子的安全，士兵们把森林里的大动物都清理了，因此达卡西成了最安全的森林。

这个月的月初，一个充满朝气的早晨，兔子一家出门采集食物，路上看到很多扬起的灰尘，远处一个马队过来了。兔爸赶紧招呼孩子们回去，可是蓝眼睛兔子很好奇，她听说每个月王子都会来这里狩猎，她只是好奇王子长什么模样。她向反方向跑过去，远远看到王子手中拿着一把精致的弓箭，兔子想看看王子胸前带的那块闪烁着蓝色光芒的是什么东西。她慢慢跑过去，趴在草丛里，她听到王子说：将来我要把这颗蓝色水晶送给我最爱的人。

突然，王子低头看见草丛里的蓝眼睛兔子，微微一笑，抄起手中的弓箭。蓝眼睛兔子吓了一跳，赶紧转身逃跑，王子搭弓瞄准，然后放开了箭镞，嗖的一声，箭直冲蓝眼睛兔子飞了过去。蓝眼睛兔子一脸惊恐，但随之传来一声吼叫，箭重重地射在了蓝狮子的身上。蓝狮子挡在蓝眼睛兔子身前，朝天撕心裂肺地怒吼一声，跃起身，一爪子把王子从马上拍下来，按倒在地。看到王子在地上，所有的人都愣了，蓝狮子显得异常地愤怒，不住地狂吼，他看到王子身上的蓝色水晶便一口咬下来，蓝狮子脸上流下了眼泪，因为这时王子从身上抽出匕首，一把插在蓝狮子的身上，蓝狮子口中衔着那颗蓝色水晶，同王子在地上挣扎着，血在蓝狮子身上流淌着，显得异常刺眼。

王子从地上站了起来，匕首又一次插进了蓝狮子的身体……

蓝狮子跳了起来，衔起呆在那里的蓝眼睛兔子准备跑开。后面的士兵开始放箭，无数的箭错乱地射过来，不时插在蓝狮子的身上。蓝狮子忍着伤痛，努力地奔跑，奔跑……

慢慢地，他感觉疼痛越来越轻，眼前出现了第一次追逐蓝眼睛兔子的场景。不知道跑了多长时间，也不知道跑了多远，蓝狮子终于倒下了，蓝眼睛兔子哭了，她不知道该说些什么，也不知道该如何救蓝狮子………

蓝狮子慢慢睁开了眼笑着说：不要哭，我没有想到你会来到达卡西森林，这是我最初生活的地方。那年我们大型动物都遭到人类的屠杀，我们才逃到阿尔莫森林，这颗蓝色水晶是我们家族的图腾，是族长赠给心爱人的信物，今天它是属于你的，答应我好好活着，我现在有些虚弱，你能给我……

蓝眼睛兔子并没有听清他说的话，找来旁边的鲜草。蓝狮子慢慢张开口，一口一口咀嚼着鲜草……

蓝眼睛兔子再也控制不住了，不住地流泪，问他为什么要这样？

蓝狮子虚弱地说：我只想你过得好，一定要答应我，忘了我，好好活着……

王子带着士兵赶了过来，尘土飞扬……

蓝狮子强忍着伤痛，站了起来，挡在兔子面前，对兔子说：快走，记住我说的话，快走，就当为我活一次。另外这个地方是没有雪的……

蓝眼睛兔子带着蓝色水晶，含着泪跑开了，不住地回头，但仍努力向前跑……

蓝狮子怒吼一声，刚抬起爪子，一把利剑从蓝狮子的喉咙穿了过去。这一声吼在空中戛然而止，蓝狮子慢慢倒下……

城堡里的人沸腾了，王子在前面骑着马，后面的士兵抬着蓝狮子的尸体，两旁挤了很多很多围观的人，不时有人集体高喊：英勇的王子杀死了蓝色怪兽，达卡西永远安全，全城欢呼雀跃。

达卡西森林恢复了一如既往的平静。唯一改变的，就是蓝眼睛兔子的眼睛由蓝色变成了红色。

那一年，达卡西森林的天空下起了小雪……

是谁打碎了玻璃，却发现后面是更绝望的深渊。

神箭手 ●朱雅娟

月圆之夜，泰山之巅。天驰与天纵终于又一次见面了。这一对武林中公认的神箭手，同出一门，自成一家，在射箭技艺上都已达到炉火纯青登峰造极的境界。也许今天，谁高谁下终于会有个结果。

事实上，他们来泰山已经不止一次了。十年前，二十年前，三十年前。但每一次都是天驰略胜一筹。

虽然很多人都想来看这一武林盛况，但天驰跟天纵都不答应，即便是同门师兄弟也不行。每一次比试他们都会郑重签订生死状，并知会各武林大派。

已有的三次比试详情，除了他们两人，没有第三人知道。但每次比试结束后，天纵总是心悦诚服，输得心服口服。那么今天呢？

时已隆冬，冰雪掩映下的枯枝落叶被山风吹得簌簌作响，说不出的萧条与寂寥。天驰跟天纵的袖子都吃足了风，鼓鼓囊囊的。两人默不作声，相互打量一番，较之十年前，天驰已成一个干瘪老头儿，而天纵也是皓首银发了。

天驰笑了，笑声震落了松枝上的积雪，几片雪花沾到了他俩的眉毛和胡须上。天驰说，三十年了，其实我们还没有真正比拼过一次……今天，我也想知道答案。

天纵垂了手，毕恭毕敬地说，虽然不曾比试，但高下早就有了分别的。三十年前，我执了弓，背了一皮囊箭镞早早候在泰山的南天门，那时的确是意气风发，自信绝对不会逊给师兄您。

天驰点点头，是极。如果真要比，师兄我不一定能赢得了你。

天纵说，我等了半个时辰，才看到师兄顶着一轮明月来了。月光下，我清清楚楚看到师兄的箭囊只装着三支箭。

天驰捻须笑着说，三支，一支是用来防身的，一支是用来比试的，还有一支是留给自己的。

天纵说，我回头看到自己背着的满满一皮囊箭，我知道，我已经输了。

天驰看着天纵的眼睛说，你那天特别地懊恼。但你下山时的坚定步伐让我相信，你还会找我比试，只是没想到你能等上十年。

天纵有些不好意思，目光投向远方，好久才叹了口气说，十年后，我再次邀请师兄您来泰山，是自以为功力与师兄不相上下了。

天驰说，师弟你只带了两支箭，而我却只带了一支。

天纵说，我留了后路给自己，而师兄您连后路都斩断了。所以……我又输了。

天驰说，再过得十年，你我又上泰山。这次是我早在山顶等候师弟的大驾。

天纵脸红了，搓搓手说，这次我也只带了一支箭，但师兄您的箭囊，却是空空如也。我起初有些不解，但看到师兄一拉空弦便震落天上的孤鹜，才知道心中有箭才是神射手的至高境界。

天驰笑了笑，有些狡黠地说，其实我也没有你想的那么玄。我是想，如果你的箭射不倒我，那么射向我的这支箭一定是射倒你的那支箭。

天纵也笑了，他说师兄您真会开玩笑，其实我带的那支箭早就去了箭头。

天驰盯了天纵的眼睛说，哦，是这样的吗？

风忽然停了，月亮的脸藏了一半在浮云中。

天纵找了块石头，用袖子拂掉尘土请天驰坐下。蹲下身子轻声说，虽然说艺无止境，但我今天邀师兄您来，就是想证明我也会迎头赶上师兄的。

天驰呢喃着说，何止赶上？怕是反超喽。

天纵摊开手反问道，反超？怎么超？没想到今天师兄您跟我一样，别说箭囊，就连弓都没带一张。天纵微闭了眼惬意地笑，原来和平比什么都重要，原来武功最高的境界就是宁静，就是和自己敬重的人可以行到山穷，坐看云起。

天驰又笑了，拍拍天纵的肩说，师弟你太厚道了，世事如果真的像你想的那样，人间早就是天堂啦。

猝不及防。

一支箭，一支——袖箭，准确地插入了天纵的心脏。

天驰用手轻轻合上了天纵大睁的双眼，叹了口气，非常遗憾地说，关于这次比试的结果，只好由我亲口告诉别人了。

月亮把天驰的影了拖得老长。

谁也不会相信，天纵闭着的眼睛会突然流出泪来。天纵从胸口掏出了师傅临死前交给他的护心镜，镜子已裂成了无数碎片。天纵这才明白过来，师父把护心镜传给他，并不是怕他艺不如人。而他却为了这个，一次一次找师兄天驰比试。

天纵还想起了师傅临死前的一句话，射碎这个护心镜的人，一定是谋害为师的人。

师父被人害死已整整四十年啦。

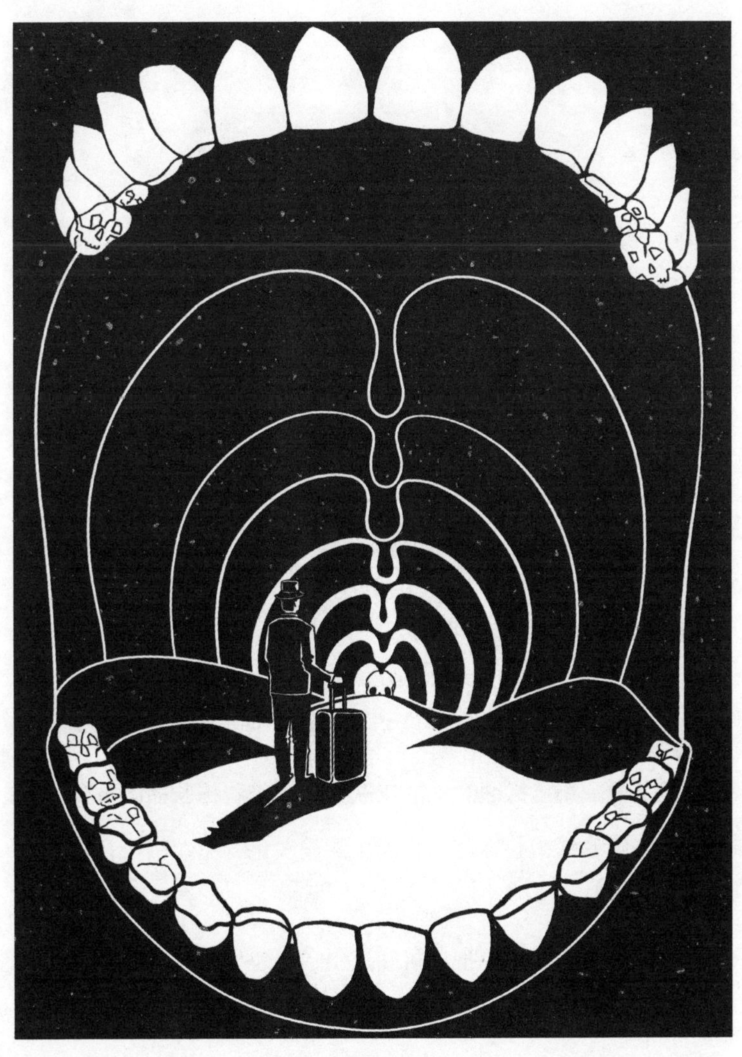

那条长长的路好像没有尽头，可我还是会拖着行李一直走下去。

尽头 ●米玉雯

她戴着耳机低头玩手机，一只手臂松松垮垮地挽着扶手，身体随着车身的摆动摇晃着。

漂染成浅黄色的长发垂坠下来散落在脸颊和肩上，让她看起来有些病态的苍白。高挑并且玲珑有致的身材吸引了不少目光，坐在我旁边的男人目不转睛地盯着她，全然不顾身边女人阴沉的脸色。

我也在看着她，期待她能够抬一次头，让我看看她的正脸。我猜那是一张有缺陷但依然可爱动人的脸。

她的牙齿可能不太整齐，有着一对小虎牙。鼻梁可能不太高挺，但是鼻子小巧微翘。她的皮肤光洁，带着护肤品的香味，不施粉黛。眉毛是精心修过的，天生的浅灰色，尾端微扬，带着一种不羁的傲气。

她似乎累了，单手把手机塞进斜挎小包里，甩动头发抬起了头，环顾一圈在上班时间略显空荡的地铁，换了个姿势站着。

我屏住了呼吸。

她和我想象中的样子相差无几，除了那双欧式双眼皮的大眼睛。混血？整容？

然而我无暇考虑这些，她的视线从我身上飞快掠过，重新回到了她的手机上。

我应该去要她的电话号码，或者微信号。

这念头在我脑海里生了根，再也不肯走。我百爪挠心，生怕地铁一到站，她就下车消失得无影无踪。

如果可以不停下就好了。让这趟车一直开下去，让我就这样看着她。

她的手指在屏幕上不停歇地滑动，偶尔露个笑脸。

我恋恋不舍地把目光从她侧脸上挪开，拿出手机打开微信寻找附近的人。

碰碰运气。万一，万一她在里面呢。

这样一看，这厢地铁里真是什么样奇怪的人都有。多数是男人，他们用自己的照片做头像，签名档还带着上一段情伤。

快速浏览了一遍，我锁定了几个疑似高挑女孩儿的微信。

一个用戴着墨镜的自拍做头像，照片像素很低，上面的女孩儿金黄色的头发，和她有三分相似，距离我5米。我发送了打招呼。

我抬头看她，她还盯着手机屏幕，笑得明艳灿烂，让整个地铁都失了颜色。

好友被通过了，我注意到坐在我斜对面的男生的手机刚刚响了一声。我发送了一个“你好”，他的手机又响了一声。

他油头粉面，穿了一件藕荷色帽衫，盯着手机笑得贼兮兮。

“欧巴好！”

我起了一身鸡皮疙瘩。不自觉地抖了几下，迅速删除了他。

我再次锁定了一个账号。是一只卖萌的阿拉斯加头像，名字叫小仙女，距离我15米。签名档写着，他说，最喜欢我的小虎牙。

在我犹豫要不要发送好友申请的当口，一个脏兮兮的妇人抱着一两岁的孩子走了过来。她的胸前挂着一块白色木板，歪歪扭扭写满了字。

孩子白白胖胖的，见人就笑，和妇人的黑皮肤苦瓜脸形成了强烈对比。许多乘客暗暗皱起了眉头。

那妇人一手夹着孩子，一手拿着裹着一圈污垢的瓷碗，里面装着零碎的纸币，也不乏几张大面值的红票子、绿票子。

坐在我身边的老大爷动了恻隐之心，抖抖索索地翻找自己的菜口袋。

妇人见状匆匆凑了过来，喏喏地用方言说着些感谢话。

咔嚓。

妇人猛地回过头寻找相机声的来源。因为离得近，我看见她夹着孩子的手臂紧了一圈，孩子因为不适挣扎着扭动了几下。

老大爷的钱才放到瓷碗里，她就脚下生风，走向下一节车厢。

大概是这个时候，我随手刷新了附近的人。排在第一的变成了叫诺爸的人，头像是一个五岁左右小男孩儿的笑脸，距离我0.1米。

我瞥了一眼坐在我右边的男人，恶趣味突然萌生。如果微信距离没错的话，这个人只可能是他——头像的小男孩儿和他可是天壤之别，大概是隔壁老王的孩子。

左边的老大爷站起来走到了车门。浅黄色头发的女孩儿摘下了一只耳机，在满车厢男人炙热的眼光追随下坐到了我身边。

我故作镇定，低头滑着屏幕寻找那个刚刚出现过的阿拉斯加头像，却怎么也找不到了。再向上找，距离我0.1米的诺爸也不见了。

她坐在我身边，让我第一次感受到了来自视线的温度，尽管不是视线中心，仍然让我莫名紧张到脸发烫。

她似乎习以为常，什么都感受不到，拿着手机刷热门微博。清爽的香味钻进我的鼻孔，让我一阵心猿意马。

就当我为了看她的微博名，眼睛快斜到脑子里的时候，站在地铁门口的老大爷一屁股坐在地上，口吐白沫抽搐起来。

大多数人不为所动，唯有两个女人站了起来，过去检查老大爷的状况。中年女人指挥年轻女人帮她托着老大爷的脖颈和后腰，姿势娴熟，像是专业的护士。

“羊痫风犯了，身上有药没有？”她问已经神志不清的老大爷，“只好挨到下一站停车了。来两位男士帮我摁住他吧？”

旁边的座椅上默默站起了两个男人，一个用手掐住了老大爷的下颚，一个摁住了他的双手。

经过这么一闹，大家的注意力全都集中在了车门口。

我回过头，看见虎牙女孩儿轻轻咬着嘴唇，担忧地看着老大爷。她的手机屏幕上，赫然就是刚刚出现在我附近人中的那只阿拉斯加。

我激动地迅速收回目光，像是偷窥到了不可告人的秘密。怀着狂喜的心情开始搜索附近的人。

“这一站，是不是有些太长了？”

她的声音带着和甜美长相不符的空灵，让我一瞬间失了神。

“嗯？”我甚至没有注意到她说话的内容，她蹙着眉，头偏向了我的方向，我甚至闻到了她耳后格外浓郁的甜香味。“你的香水真好闻……”

虎牙女孩儿惊讶地瞪大了眼睛，周围的人都是一脸看热闹的表情。我意识到自己傻透了。

“你不觉得，这一站有些太长了吗？”女孩儿执着地重复这句话。

“你这么一说，真的是有些长得不对劲。”托着老大爷的男人说道。

太长了？

我怔了怔，突然想起来自己刚刚看见她时的念头——如果可以不停下就好了。让这趟车一直开下去，让我就这样看着她。

封闭车厢里的气氛一点点凝固沉重起来。时间流逝，没人质疑这特别长的一站只是错觉，尽管我一直期待着。

透明玻璃外面的黑色在快速后退，像是没有终点。

"打一个救援电话吧，毕竟有病人。"

"手机没信号了。""我的有信号，但是电话打不出去啊。"此起彼伏的声音里带了愈来愈多慌张。

像是为了响应人们心中的恐慌，列车一个急刹车停了下来。

虎牙女孩儿一个重心不稳栽进了我怀里，却没人有心情向我投来艳羡的目光。

玻璃窗外仍然是一片漆黑。

"从刚刚坐下开始，我就觉得不对劲。"女孩儿坐直身体，整理头发，"开始戴着耳机不觉得。但是怎么会那么久，都没有一个人下车呢。"

是了，坐着的舒适让我们遗忘了时间，还把整节车厢里唯一站着的她，当成了风景。

短暂的沉默之后，车里响起了窸窸窣窣的交谈声。

"是不是出现故障，走错轨道了？"有人问道。

原本托着犯了羊痫风大爷的男子站起来，沉默地走向车门，试图用身体的力量打开这扇门。

门纹丝不动。

焦躁起来的人们纷纷从座位上站起来，拥向了门的方向。六七个青年的力量也没能打开门，脾气略急的人已经开始寻找锐器。

我拿出手机，打开通讯录里的第一个号码拨了出去。

毫无反应。

尽管信号满格，运营商和4G标志也都还在。我惊恐地发现此刻的手机像一只断了线的风筝，连不上网，打不出电话。

“我的也是。”女孩儿注意到了我。她的眼睛里有些晦涩的部分让我无从揣测，“而且我猜，现在这车上的每一个人都是如此。”

“你是说，我们……被恶意屏蔽了？”

她并未接茬儿，凝望着玻璃窗外的黑暗，留给我一个美丽的侧脸。“你听。”

我看着她出神，心里突然对这场地铁意外产生了感谢之情。如果没有这些坎坷，或许她就会在下一站下车，回到她的生活，永远不会和我产生交集。

“你听见了吗？”

“什么？”

“孩子的哭声。”她闭着眼，做出正在倾听的样子。

我环视了一圈车厢，别说哭泣的孩子了，就连小孩儿都没有一个：“是前面车厢里的孩子被吓哭了吧。”

轰——

前面的车厢传来了一声巨响。紧接着就是一连串噼里啪啦的硬物掉落声。

远处的巨响让我们所处的车厢产生了一瞬间诡异的静谧。

那一刻连呼吸都有了回音。

每一个人的脸色都惨白得瘆人。我吞了下口水，尝试了几次才发出了颤抖的声音："是不是，地震了……"

率先拉门的男人猛地转过身，攥紧手机当作锄头，一下一下地捶着地铁门上的玻璃。砸门的闷响和远处不间断地硬物坠落声此起彼伏，短暂的愣怔下，一个三十出头的少妇率先哭了起来。

我想，她应该结婚没几年，手上的钻戒虽然不大但还带着新饰品的光泽。或许她还有个年幼的孩子，还没满周岁，等着她回家哺育。在大家的注视下，她的哭声越来越大，声嘶力竭几近崩溃。

"躲在三角地带！"不知是谁喊了一声，挤在门口的人群一哄而散，分别抢夺着一节车厢里仅有的四个角落。老大爷一嘴白沫瘫倒在地，昏迷了。他的手上有几个鞋印，如果不是看见他的胸膛隐约在起伏，我几乎以为他就这样僵死过去了。

我没有动。不是因为我不害怕，只是虎牙少女还坐在我身边。

"不是地震。"少女声音不大，却足以让每个人听清，"如果是地震，只会一起塌。仔细听，这声音是由远及近的，在一点点靠近我们。"

我学着她的样子，闭目倾听。果然，声源在缓慢地移动——向着我们的方向。

"那么造成这个动静的，是……生物？"我的脑海里浮现出了生化危机里的丧尸、侏罗纪里的恐龙。

人们愈发惊慌失措，越来越多的女人开始失声痛哭。更有甚者已经拿出手机开始输入自己的遗书。

“你……叫什么？”虎牙少女不为所动地看着眼前的人们，微微侧着头问我。

心脏漏跳了一拍，恐惧在那一刻被我抛到了九霄云外，我盯着她左脸颊上的痣，竟一时忘了该说些什么。

“嗯？你叫什么？”她倾了半个身子过来，追问。

“你……离我太近了。我的脑海里现在一片空白。”

她端坐直了身体冷笑：“你答不上来和我没关系。因为你，根本没有名字。”

“怎么会！你吓傻了吗……”笑容僵在了嘴角。我突然意识到，我大脑的记忆库里，似乎真的没有一个名词是属于我的名字。

冷汗滴下来，打湿了我的后背。

“我们都是，没有名字的人。”虎牙少女冷冷地环视着整节车厢的人，轻声说，“这里的所有人。”

噼里啪啦的刺耳响声又逼近了一些。像是有人在天花板上一个个地往地面扔花瓶。

“我刚刚在翻看手机，里面有一只阿拉斯加雪橇犬的照片，还有我们的合影。我却想不起来关于它的任何一件事。”她看向我，声音还是那么空灵缥缈，眼里却是无尽的迷茫，“我在想，是不是从踏上这节车厢的那一刻，就注定了我们会遭遇这些。注定了我们的记忆都将成为无用的东西，所以干脆直接抹去。”

怎么可能……我想反驳，却无法找出记忆中哪怕一点点有关从前的碎片。就好像我的一生是从这节车厢里开始的，从第一眼看见她爱上她开始的。

封闭的车厢门彻底摧毁了人们的信念，只有极少数几个人坐在原位上不曾挪动，大多数人都像无头苍蝇一样到处乱撞。原本还算空旷的车厢变得拥挤不堪，在未知恐惧的重压下，人们一个个走向了崩溃。

“要写封遗书吗？”

我笑：“遗书所写的都是对过去未尽之事、未了心愿的交代。我已经没有了记忆，脑海里白茫茫一片真干净，有什么可以写的。我倒是想发个朋友圈，可惜这手机就像小孩子的玩具，连不上网打不出电话。”

车厢摇动了起来。几个男人都无法敲破的玻璃窗在剧烈地摇晃之下开始爬上裂痕，天花板也扑啦啦地往下掉着铁块零件。

我仰起头，想看看是什么有能力这么轻易地摧毁一辆地铁。可惜除了凹陷到摇摇欲坠的天花板顶，我一无所获。

“你最初的记忆是什么？”我问她。

她沉默了几秒，把一只耳机塞进我的耳朵：“是我站在地铁门边上听这首歌。你呢？”

“是你。”

“爸爸坏……呜呜呜。我不要爸爸。”男孩儿穿着红色肚兜，光着屁股坐在客厅的瓷砖上撕心裂肺地哭。任由妈妈如何拖拽都不肯起来。

“啫啫乖，妈妈抱抱，不哭了。你看，爸爸不是诚心的，他正在给你修呢！要是修不好的话，让爸爸再去给你买一个好不好？”女人没有办法，只好蹲在男孩儿身边好生安慰。

男孩儿斜了眼瞥向爸爸，眼看着自己最喜欢的玩具从被爸爸踢了一脚停止运行，到美其名曰修缮，然后被拆得七零八落。

“买什么买！一个玩具地铁好几千呢！”男人看着拆下来的各种零件再也安不回去，也渐渐焦躁了起来。“你是个男孩儿，成天哭哭啼啼，丢不丢人？我说没说过让你别到处乱放，收好了到不碍事的地方玩去？把轨道摆在客厅中间，踩坏了赖谁？”

看着儿子再度崩溃大哭，生怕他着凉的妈妈也来了气。

“你跟儿子凶什么？还不是你天天在家捧着手机玩微信不看路？你多大人了，还跟一个五岁的孩子凶？”

男人站了起来，酸疼的膝盖和后腰让他气愤得不能自已：“你就惯着他吧！”

啫啫哭得一抽一抽，几乎喘不上气来。爸爸转身离去，妈妈束手无策，精致漂亮的迷你地铁已经支离破碎，散落一地。

啫啫红着眼睛，委屈到发起火来。仅剩的一节完好车厢被他用力一跺，踩成了稀巴烂。

玩具轨道上的小红灯还亮着，尽管已经没了一圈圈循着它开下去的那趟列车。

本应该高兴的日子，我却为什么，觉得这么累呢。

青花瓷瓶 ●需要风

1.

灯光暗了些，红酒碰触到嘴唇依然那样鲜艳，像火。

柯艾突然坐到了我身边，然后又敬了我一杯：“永远十八岁！”

他笑着，两颊因为酒精的作用微微泛红。

我轻轻一抿，他却一饮而尽。

“切！”

对面的阿童脱口而出。

柯艾像是受到了刺激，故意伸手想要搂我，却又被阿童的双手及时抓住，他们对视的眼神立即变得炽热。

每次聚会必定发生的插曲，可怜的孩子，可笑的动作。

阿深在我们打闹的时候默默地走开了，他习惯于沉默，习惯于待在充满阴影的角落，他很不一样。

啪嗒一声，灯光彻底变暗了，而在阿深所在的那个角落，缓缓地，燃起了一团火，红酒的颜色。

“祝你生日快乐。”

阿深端着蛋糕缓缓走来，打头唱起了生日歌。

“祝你生日快乐，祝你生日快乐，薇薇，祝你生日快乐！”

带着默契，虽然歌曲谈不上多么美妙，却也那样可爱，令人感动。

“薇薇！二十四岁生日快乐！”

带着眼泪，哭着又笑着，我轻声地说：“谢谢。”

他们像是意犹未尽，又继续唱着：“祝你生日快乐！祝你生日快乐哦！祝你生日快乐！”

呼！

我吸了一大口气，然后将面前蛋糕上的蜡烛逐一吹灭。

“喔！”他们欢呼着，像孩子，可爱的孩子。

屋子变得昏暗，被热烈包裹着的昏暗，全然不顾被窗外光彩流溢侵蚀的小小世界。

啪！啪！啪！……

柯艾第一个倒下，血液浸湿了他的衬衫，黑色泛着光彩，像红酒。

然后阿童跑着，不顾一切地跑着，可惜，一把椅子绊倒了他。

啪！啪！

子弹迸发的光亮让人恐惧，我呆站在原地，用手半捂着眼睛。

终于，阿深转过身来。

他手上拿着一把枪，面无表情。

然后他坐回了沙发，那样平静，好像刚才只是游戏。

“真，可笑。”他突然笑着，这不同于以往沉默的他，“你知道，我比他们更喜欢你！我爱你！”

像在祈祷，多么虔诚。

我难以回答，只呆呆看着他，之前感动的泪腺因为害怕重新将泪水分泌。

“别！”

可没等我说出这个字，他已经将枪对准了他自己。

右脑太阳穴的位置，致命，毫无痛感。

砰的一声。

他终于倒下了，好帅。

“当时的情况就是这些？”

坐在对面的定警官将烟头扔进了烟缸，然后问我。

“是。”

我认真点头。

他没有看我，杂乱的头发偶有白丝，他只随意地翻着笔录：“他们三人都喜欢你？”

“嗯。”

“阿深知道你跟另外两人的关系吗？”

“他应该是知道的。”

“案发前，阿深有什么异常吗？”

“看不出，他一直都比较沉默，不爱说话。”

“哦。”他突然抬头，用那种意味深长的眼神看着我，“那么，薇薇小姐，请问你是怎么认识他们的？”

我见过那样的眼神。

“什么？”

他苦笑着：“你是怎么认识死者的？”

2.

许多年前。

他、她、它，张开嘴巴，露出鲜红的舌头，就像刚出农场的草莓，完美。

整个世界疯狂地追求着，完美。

完美的鼻子，完美的下巴，完美的躯体。完美的你我。依靠纳米修复技术，无数不知疲倦的小小金属，通过血管，扩散、滋长。它促进细胞代谢，加速细胞更新，衰老变得缓慢，死亡更遥不可及。

有时，独自看着风景，会让人平生出怜悯。

列车那样快，以至于来不及看清、认识轨道所穿过的这片土地，还好，它停下了。

一个甜美的女声通过广播播放着到达站和当地的气温，两遍。我端起座位上的咖啡，小心绕过身旁正鼾睡的乘客，轻轻走下车，呼吸寒冷。

D市的冬天，好冷。

我努力使自己在人群中找到方向，或许是对这个地方有些生疏的原因，我慌张错步，差一点栽倒在地。

还好，一位好心人伸手扶了我一把，可我的咖啡却正中他的白色衬衫，在那里留下了一摊棕色的渍迹，像一朵向日葵。

“谢谢！不！对不起！”

我赶忙掏出纸巾，想要擦掉那些刺眼的痕迹，可他巧妙地躲过了我，只说了一句：

“没事！”

阴沉、低冷的声音，像D市的天气。

有些无语。

“哎呀，阿深，你衣服怎么了？”

一位男生走了过来，同样西装革履，带着调侃的语气，应该是他的朋友。

“没怎么。”

依然冷淡。

“没怎么？怎么会没怎么？你看都把这位小妹妹急哭了！”那男生突然看着我，“小妹妹，你别害怕，我是好人，要是他欺负你，跟我说吧！”

我用纸巾擦拭了一下自己的眼睛：“跟他没有关系，是我的问题……”

“小妹妹，你别害怕，有什么……”

“喂！阿深、阿童你们俩干吗呢！大会就要开始了！”

还好，站在不远处的另一位男生打断了他。

“等一下，等一下就好！”

“走了！”

我还未反应过来，远处的那位男生便跑来，看见我时，撂下一句“对不起”，然后拽走了一直追问我的那人。

“小妹妹，记得联系我哦。”他在被拽走的时候，虽然得到朋友的白眼，仍然将那张名片塞到了我手中。

默默看着他们三人，被我打花衬衫的他走在最后，像一个傻瓜。

收拾好心情，重新找回曾经的熟悉感，一步一步，很轻，越来越近，直面内心。

葬礼，就在西郊公园那片冷清的青草地，光秃秃，毫无生机，死亡，已是那样遥远的事情。

世界，像是在一瞬间发生变化。原本刚强的父亲，终究倒了下去，腐烂，变成泥土，再也不能发出刺耳的教训我的声音。

眼泪，一直不停地积聚，然后落下，像雨。

老师拍着我的肩膀，安慰我。

我只能拉着他的大手。从小到大，难过的时候，我总会拉着他的大手。他的手，没有岁月的痕迹；他的样子，也没有丝毫的变化。

如果，父亲能像他一样，该多好。

“别哭了！”老师松开我的手，然后为我戴上了帽子，“注意一下，别感冒了。”

好冷。

我将手伸进了衣兜，却摸到了那张名片。

艾深童生物科技公司　柯艾：××××　定深：××××阿童：××××

“所以说，是你主动认识的他们？”他的确善于抓住每一个细节。

“是的。”

“那你知道你父亲的死因吗？”他突然微微笑着，眼角皱纹像雨伞那样展开，让人害怕。

“……”

“不想说是吧。”他重新点了一根烟，抽了一口，然后张开嘴唇：“正是艾深童公司生产的药物，使得你父亲在清理纳米机器之后猝死！”

“……”

“薇薇小姐，有时候真的很佩服你，我也很想相信你所编造的故事，只是在这个故事里，你的嫌疑最大！”

他将烟丢在了烟缸里，合上了笔录，然后起身，带起一阵风，让人有些恍惚。

3.

这个世界充斥着完美，即使身处于监狱。

糟糕的饮食、浑浊的空气、发炎的伤口，并不会影响我的身体。我看上去依然那样美丽，那样年轻，永远十八岁的样子，让人骄傲和放心，泛着光彩，就像一只可爱小巧的青花瓷瓶。

相对于曾经那个面目全非的世界来说，如今的完美，便是上天的赠予。

磁性的声音、标准的身材、漂亮的脸蛋、极其缓慢几乎可以忽略不计的衰老，完美，完美得毫无烦恼。

作为纳米修复技术的先驱，父亲和老师不遗余力将其普及，终于在那天成为整个世界的流行。于是，刚满十八岁的我，被注射了一支纳米制剂，如果不出意外，将会永远存在下去。

就像他和你。

父亲太专注于自己的工作，偶尔打电话给我，也只是用他刺耳的声音不留情面地教训我，只因为我犯了一些小小的错。或许，在他的心中，是容不下一丝错误的吧，他那样地追求完美，把他，把我，最后终于把整个世界，变得完美。

我应该是理解他的吧，我应该是崇拜他的吧。

可是，他死了。

他刺耳的声音再也无法传达到耳边，他的大手，再也无法碰触流连。他说，小薇薇，以后，你不会再长大了，爸爸也不会再变老了！

可是，他死了。

他服用了艾深童公司生产的清理纳米机器的药物，之后极度虚弱，最后全身脏器衰竭而死。艾深童公司很快在公开场合表达了歉意，并优化了新一代产品。

可惜，我并没有打算原谅他们。

老师说，这是谋杀。

艾深童所研发的纳米机器清理药物与父亲的纳米制剂本就冲突，而父亲一死，他们便可大张旗鼓地推行自己的技术：让完美的世界重新回到许久以前，那个充满死亡、嫉妒、丑陋与偏见的世界。

竟然还有许多人争先恐后地使用这样的药物，褪去光洁的皮肤，丢掉柔美的秀发，重新长痘、生疮，直至丑陋。

老师在新闻上怒斥这是文明的倒退。

没有效果。

于是，那天，老师终于跟我说：杀掉他们吧。

那晚，他们真的好傻，就像一堆孩子，打打闹闹。

欢乐的气氛，让人放松警惕，昏暗的光线，最适合伪装。

我掏出枪，有点紧张，他们还在唱歌，非常投入，真傻。

我先对准柯艾，他很壮，每次与他争吵，他会毫不犹豫地抬手打我，让人难堪。

啪！啪！啪！

他倒下了，我的紧张稍微得到了缓解。

然后阿童跑了，可惜，一张椅子绊倒了他。

“为什么？”他问我。

我不想回答。他太黏人了，有时到了凌晨之后，还会跟我打一个电话，常常让习惯睡美容觉的我心烦意乱。

啪！啪！

他应该死了。

然后我看向阿深，可他竟依然稳稳端坐在沙发上，让人惊讶。

我走到他面前，我不想在背后开枪。

“真，可笑。”他说着，很平静。

我拿枪对着他，可他，却笑着，他不常这样。然后，他用那样意味深长的眼神看着我：“你以为，我不知道你为什么要杀我们吗？”

我沉默。

“我们害死了你的父亲，是吧？”

“你怎么知道？”

“当我跟他们一样傻吗？我很早便调查过你了，可是，你不想知道你父亲为什么要使用我们的药物吗？”

“为什么？”

“算了，你以后会懂的。把枪给我吧。”

“什么？”

“你难道不知道吗，我比他们更喜欢你啊！我是爱你的啊！”

说着，他抢过了我手中的枪，对我笑了一下，然后对准了自己的头。

啪！

4.

啪！

监狱门被打开，狱警传唤我，说有人探监。

我走到门边，她将我的脚镣解开，然后跟着她，缓缓去到探监室。

玻璃墙外，老师站在那里。他没有多大的变化，依然那样年轻，看不出有四十岁的样子。

只是突然看到我，突然看到穿着囚服、戴着手铐的我，他终于控制不住自己的表情。

他背过身去，然后又转过身来，朝我笑着，是给我鼓励的吧。

“薇薇，委屈你了！”说完这句话，他的笑容便没有了。

“没有，我只是做了我应该做的事情。”

“真不该让你这样的。”他看上去很自责。

“这是我自愿的，您别这样了，高兴一点好吗？”我努力挤出一个微笑的表情。

“好，好，老师觉得很对不起你。”

“别这样。”

“我已经联系了多家律师，没有人愿意接这个案子，但老师不会放弃的。”

“没关系的。”

……

老师走后，我被狱警重新带回了囚室。囚室内部的一台电视正播放着柯艾、阿童、阿深三人被杀的新闻，还好，因为没有定案，新闻并没有提到我。

柯艾很壮，他其实不坏，只是有些时候，过于情绪化。将文案扔在下属的脸上然后用脚踢着，他只是愤怒了；将酒使劲灌到合伙人嘴中不顾其涨红的脸色，他只是兴奋了；开车意外剐蹭到了一位老人家，他会毫不犹豫踩一脚油门，消失逃逸，他只是任性了。

他当然也打过我，在他心情不好而我又顶撞他的时候。

或许，他有那么一点坏吧。

阿童则温柔很多，他的生活时刻追求艺术，节奏虽然缓慢，但时刻保持着炽热，直到慢慢燃尽他内里的火。

他话很多。

坐在沙发上，他往往会点燃一根烟，然后讨论我，我和他，我和柯艾，每次如此，毫不厌倦，让人无可奈何。

有些可笑。

有时，和柯艾或者阿童拉着手走出房间，会碰到阿深，和他的眼神，冷淡得四季严寒的眼神。

他很不一样。

和他们在一起时，阿深很少说话，他习惯于沉默，单纯的沉默，让人好奇的沉默。

我不知道，他们为什么会喜欢我。

我打闹，计较，惹是生非，胡作非为，有时偷偷看着父亲的照片流泪。

我爱哭，不讲道理，懒散，崇尚享乐，有时素面朝天甚至不梳一下头发只用帽子遮挡，有时又眉毛、眼线、卧蚕、鼻影、唇彩一一画齐，然后剪一个轻巧的发型，出门的时候，约定的时间早已过去。

就是这样恣意地生活着。

我不知道，他们为什么会喜欢我，我更不知道，阿深，为什么，也，喜欢我。

还好，他们都死了。

5.

灯光打在他的脸上，他眼睛红肿着，眼袋很大，皱纹比上次更加明显了。

“我是阿深的哥哥。”

本是监狱中平常的问询，可当定警官说出这句话的时候，我还是迟疑了一下。

我早该猜到的。

“你知道，阿深特别……特别喜欢你吗？”顾不上我的惊讶，他继续说道，这是他常用的方法。

“我不知道。”

“你有权利知道。”然后他扔给了我一本日记，阿深的日记。

第一次见到她，就像见到了一朵花，我一句话也说不出来，她看上去好美。

……

可是，她却跟柯艾在一起，她甚至，跟阿童在一起，让人伤心。

……

“给我看这个干什么？”

我将日记合上，祈祷阿深口中的“她”并不是自己。

“你翻到有字的最后一页。”他点燃了一支烟，一脸满不在乎的表情。

我于是重新打开那本日记，就在最后一页，黑色一笔一画一撇一捺泛着香气拼接起来的那句话：我多想，杀了他俩。

我脊背一凉，说不出话。

“阿深的尸检结果出来了，脑部弹道显示为平行地面的直线，他是自杀的，而我们在他的日记上找到了杀人动机。案发现场跟你的描述基本一致，你是无罪的。”

原来，他是故意的啊。

他抢过我的枪，是早有准备的啊，他，真的，是爱我的吗?

“这几天来，委屈你了，薇薇小姐。”他站起身，变得困难了一些。

他的身体不太好了吧。

“你现在可以离开警局了。”他说完这句话便转身离开，而我注意到，他的头发，越发泛白了。

是操劳多度还是因为阿深的死而伤心啊?

“对了，定警官，你没有注射纳米制剂吗？”在他即将走出审讯室侧门的时候，我终于叫住了他。

他红肿的眼睛、他的眼袋、他的皱纹、他的白发，他应该没有使用纳米制剂的吧，他为什么不使用纳米制剂来修复这些问题呢?

“对，我已经很久没有使用了？”

“为什么？”

“难以忍受一成不变的自己啊。”

他脱口而出，貌似自然充分的理由。

6.

老师很意外，我能够顺利回家。

我于是将阿深的事情告诉了他。

他笑笑，说我命真好，并且再三嘱咐我，让我不要告诉任何人那个案件的真相，最后出门参加一个新闻发布会了。

回到家里，有些不适应，因为老师已经为我换了一套家具，再也找不见地板上哪怕一丁点的血迹。前些天，这里还充满欢歌笑语，虽然，最后以痛苦的尖叫作为结局。

那尖叫是我发出的，我只是想快些逃离恐惧。

披散着头发，坐在窗前，我的影子，依然那样美丽，就像十八岁的少女，不，本身就是十八岁的少女，像一只青花瓷瓶。

自从那些纳米制剂进入到我的血液里之后。

我突然想起，父亲帮我注射时的样子，忐忑不安。而当抽取我的血液化验完毕，他又变得担忧，让我一度怀疑自己是一个失败的实验品，还好，还有老师的鼓励。

可是，在另外一个城市，当我闯祸时，我举着电话，听着他刺耳的声音："你真是缺乏教养，真不该给你注射那些东西，不然，你不会这样任意妄为！"

我想笑了，凭什么不给我能够永远完美的东西，你怎能剥夺让我变得完美的权利。

边走边笑，打开橱柜，拿出一瓶红酒，顺便找了一个杯子，看见红色慢慢积聚，多像，从他们尸体涌动而出的东西。

哐当一声，酒杯掉在了地上，碎了。

有些恍惚。

我赶忙弯腰，将碎片一一捡起，却不想，一块碎片扎进了我的手掌。

血液，黑色黏稠的血液，涌动着，那样剧烈，让人害怕，就像一条蠕动的细蛇。我赶忙找来纸巾，轻轻覆盖，却发现，洁白的纸巾上，满是黑色颗粒，伴随着黑色黏稠的液体。

这还是血液吗？这还是我皮肤之下涌动的血液吗？

真不该给你注射那样的东西。

你以后会懂的。

难以忍受一成不变的自己啊。

看着地板，看着自己依然年轻的倒影，像一只青花瓷瓶，可是，为什么，我感到了——

恶心。

7.

原来美丽不老的躯壳之下，竟然流淌着这样的东西。我突然觉得自己好恶心，就像冰冷的机器。我终于知道，为什么那么多人要使用艾深童公司的药物，也终于理解父亲为什么要服用那样的药物了。

或许，他早就明白了吧。

一成不变、青春永恒也是有代价的啊，那会让内里变质，让自己成为机器一般的冰冷的东西啊。

或许，自然的状态，才是最美好的吧。

看着那条黑色的血液，就像汤圆里流出的黑芝麻糊，我把纸巾在手掌上缠了一圈又一圈，终于，看不到黑色的印记后，才安心一点。

坐在沙发上，想起柯艾、阿童和阿深，或许，我错了。

原来，这个世界，需要一种叫作“自然”的东西，那种近乎永恒的一成不变的完美，只是极为肤浅的视觉。

而这时，老师的新闻发布会终于开始。

窗外大楼墙上那块巨大的显示屏，老师出现在了那里，西装革履，衣冠楚楚，没有变化：

“今天，我为大家带来了全新的纳米修复技术，纳米量级进一步减小，修复速度进一步加快，为了完美世界的构建，本公司宣布，对前十万名预订者实行免费体检注射。”

欢迎走进完美世界，人类的未来世界！

纳米修复技术是整个世界的未来，完美世界是人类文明的巨大飞跃！

我想我被骗了，被老师欺骗了。

我扯开那纸巾，我捡起红酒杯玻璃，在手腕轻轻一划，黑色泛着泡沫黏稠的液体，缓缓流出，像蛇，一条毒蛇，缠绕着我的身体。

快一点，再快一点，让这样恶心的东西从我身体里流尽。

直到，没有了感觉。

我真的后悔，给你注射了那些东西。你不会再长大，不会再衰老，你的表情不会有变化，你的脸蛋不会变差……从此你的人生将很难有其他别样的经历，只能在虚无的完美中度过。

——爸爸

我想，我的样子不会太差，如果一直这样，那只是一场悲剧，会使我感到恶心。永远白皙的皮肤，永远纯真的表情，永远柔美的身体，像一只青花瓷瓶。

好恶心。

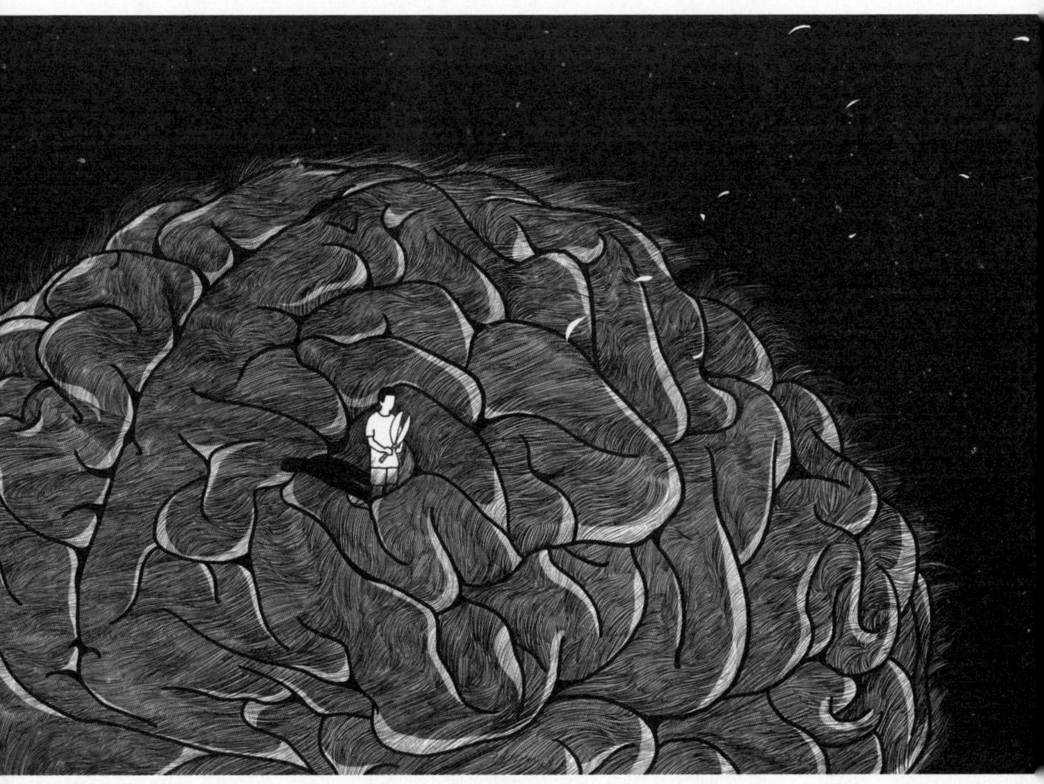

以为可以在这里找到答案，却发现并没有什么答案。

我的网恋手记 ●秦俑

我喜欢上“花醉红尘”社区的时候，也喜欢上了一个叫花无双的女子。我叫雪落尘，这个名字是认识花无双之后取的。在此之前，我可能叫张三，也可能叫李四，这并不重要。

以前我不常去“花醉红尘”，偶尔去了，也只是翻翻别人回复我文章的帖子，翻着翻着，就看到了一个新鲜的名字，接着就找到了她那些闲散淡然的文字，还有一张清脱如莲的照片。资料显示她跟我在同一个城市。我决定要留在这里了，而且给自己取了这个同样古典而优雅的名字。

花无双也经常挂在网上，几乎每天都可以见到她的帖子，总是那么清新淡雅，又总是那么充满闲情逸致，好像她成天都是吃喝玩乐，好像流泻的文字也不过是她养着的一群宠物狗。我喜欢这种懒散的感觉。她一发帖，我马上就跟上去，在她的文字后面屁颠屁颠地发表一些指手画脚的评论，全是些好听的肉麻的话。这一招看似俗套，却屡试不爽。不过对花无双来说，我所有的努力，都好像一个没有响应的程序，让人无比郁闷。

当然，在这个文学社区里，爱慕花无双的人并不只我一个。

比如小李肥刀，算是比较知名的网络写手吧，发表过不少闭着眼睛编出来的网络爱情故事。我们都笑他，问他的故事为什么老是俗得掉渣？可是每回他发了帖，总是会被置顶，也总会有很多人掉着眼泪跟帖子。想一想，其实我们都是俗人。

只有花无双不是，她对小李肥刀的爱情故事总是不屑一顾。偶尔回个帖，也是一声发自鼻翼的“嗤”声之后，再加上一句毫不客气的反问：“小儿科，这也算爱情吗？”常常气得小李肥刀直跳脚。这样反复几次，小李肥刀竟然对花无双动了心，并四处扬言一定要把她斩获马下。

那段时间，社区里真的很热闹。小李肥刀就像一个上足了发条的机器人，频频在社区里发表写给花无双的情书。开始是一天一封，后来发展到每半天一封，最后一天可以写好几封。我也跟着瞎起哄，不停地在这些情书后面再三声明，说我才是花无双男朋友的最佳人选，任何人都不要有想法，否则责任自负。花无双呢，天天没事一样，照样牵着她那些像宠物狗一样的文字到处闲遛。

小李肥刀对花无双冷傲的态度很有意见，转而改变战略，开始到处散布一些关于花无双的小道消息，一会儿说他见到了花无双，一会儿又说他们确定了恋爱关系……各种闲语碎语像苍蝇一样飞满了“花醉红尘”的上空。我还是坚持自己的立场，处处替花无双维护辩解，处处与小李肥刀为敌。为此，我与小李肥刀的争吵升级到了对骂版，你一句过来，我一句过去，要多毒有多毒。不出半个月，几乎全社区的人都知道了我跟小李肥刀为争宠花无双斗得头破血流……

花无双终于打破沉默了。她主动发消息给我，问我干吗老是护着她。我说，没什么，就觉得你我有缘。她果然发过来一串问号。我便给了她那个预谋已久的解释：看看我们的名字吧，你以“花”起首，我以“尘”作结，不正应了“花醉红尘”四个字吗？她无言。我又说，其实很久以前我就想交你这个朋友了。她说好啊，活了二十几年了，还没有一个谈得来的人。我说，那我就做你谈得来的那个人吧。

跟大多数网恋一样，一切都俗得不能再俗。我们从这个冬天轰轰烈烈地开始，到下一个春天冷冷清清地结束。

我们见面了，做那些该做和不该做的事。花无双躺在床上，像一只熟睡的小花猫一样蜷成一团。后来她醒了，对我说，我以为你已经走了呢。我很疑惑，你以为我走了？她努力睁大眼睛看着我，看了很久，就像在数着我脸上的青春痘一样。她说，你不觉得我们都应该走了吗？说着起床开始收拾东西。

我看着眼前这个清丽如莲的女子。见面之前，她是那样不可捉摸；见面之后，她还是那样不可捉摸。我轻轻地问，我们还会不会见面？良久，她才发出一声轻微的叹息，然后背起包准备出门，临出门的时候又返过头来说，谢谢你，你是第一个问我还会不会见面的男人。

从此就没有再见。我在“花醉红尘”里给她留言，她很久才回复说，雪落尘，我讨厌高瘦高瘦的小男人，我喜欢像小李肥刀那样的胖男人，他刚刚送给我一个大钻戒，我们准备明天一块儿私奔了……

这个借口看上去真的不错。或许故事也该结束了。

最后再说一句：我叫雪落尘，在叫这个名字之前，我还有个名字叫小李肥刀。你知道的，一个叫小李肥刀的人，他不一定是个胖子；而且就算他是个胖子，他也一定买不起大钻戒。

整座城市肆意剥落，我是否真的来过。

当月亮消失之时 ●伊村松鼠

在高一三班的教室后面的黑板旁，有一个嵌在墙壁上的小书架，上面放着一些往年的校刊杂志、废旧的教学用品或者无人认领的文具用品之类的玩意儿。

这书架几乎无人注意，即便是值日打扫的同学，也是示意性地拿鸡毛掸子唰唰两下了事，除非是到了期末大扫除或者遇到教育局突击检查之类的时候，才会有人稍稍把里面的东西归整归整，用湿毛巾把书架上的灰尘好好擦擦，但上面的东西没人仔细清点，就更说不上翻阅其中的内容以确定是否应该扔掉一些东西了。

然而那本薄薄的记事本就夹杂在两本书皮已经发白的杂志中间。

郑晨用食指把这本记事本轻轻一抠，然后抽出书架，拿在手里看了看。一本普通的有些年代的记事本，但具体有多老旧，从封面的设计上并不能看出，毕竟这样的记事本，已经很多年没换过样式了。

对于郑晨自己来说，并不知道为什么非得在这次值日扫除中把这本记事本抽出来。之前值日的时候倒是有几次眼睛扫过书架上一排排的杂志，但完全没有想了解其中有些什么内容的欲望。但这一次不同，当天一眼扫过书架，便被这本记事本牢牢地勾住了。

这本子感觉像不属于这个地方一样……这是他之所以忍不住把记事本抽出来看看的原因。

郑晨随手翻开里面的内页，在封皮内侧左下角，写着几个字：

高一三班 关哲

这人是谁？郑晨皱了皱眉，是以前的学长吗？他抬起头想了想，没有印象。如果不是学校里曾经出名的学长，名字自然不会被人提及，更不可能出现在学校名人册里，自己不知道也是很正常的。

郑晨唰唰地像点钞机一样翻了一遍纸张，前几页都是空白，直到翻到中间几页，出现了一些笔记内容。上面的字迹很潦草，感觉好像写得很匆忙，密密麻麻地写了好几页。

真是奇怪，这人为何记笔记从本子中间的纸页开始写呢？

郑晨翻到文字开头，上面这么写着：

今天是10月8日，我记录下我的所见所闻，虽然不知道这些内容是否能被人看到，或者说即便被看到也不知还有没有什么价值，但我此刻唯一能做的，便是将我所见到的“事实”呈现出来。

今晚新闻预告说有月食，晚上7点半左右，当时晚课已经结束了，大概有十来个同学还留在教室上晚自习。我看了下窗外，这时月食达到了完全遮蔽月亮的阶段，天空漆黑一片。就在此刻，教室突然停电了。

刚开始，我们十几个同学都没离开，大家都在等，因为学校有备用发电机房，如果停电，可以供照明用电。过了大概十几分钟，电还没来，我看了看窗外的天空，奇怪的是，月亮没有出现，不仅如此，甚至连月食退去的迹象都看不到，按常理来说，月亮被完全遮蔽的时间并不长，很快月牙就会出现，然后渐渐转亏为盈，直到月食结束。但月亮没有再出现，不知道过了多久（具体经过的时间无法得知，后面我才知道，我们所在之处“时间已经结束”），窗外天空依旧漆黑，但当时我并没有觉得有太大的不妥。

而就在此时，我们所在教室的应急灯亮了，光线虽然可以看清教室的大致情况，但用来看书也是太暗。这时有同学收拾了书包，不想再等，准备走了。我则继续坐着等，掏出手机，本想打发下时间，但发现完全没有网络信号，不仅如此，更让我意外的是，手机上的时间停留在7点24分。

这个时间显然不对，晚自习是7点30分开始，而开始后到现在，又过了好些时间，不可能才7点24分。果不其然，我又等了一会儿，再次打开手机，时间确实没有变化。我抬起头看了看黑板上方的钟，秒针已经停止，时间停在7点24分。

而这个时间，刚好是月亮被整个遮蔽的时间。

这时刚才收拾书包的同学从教室的门走了出去，留在教室里的同学开始聊起天来，而关于奇怪的月食、没有信号的手机，以及停止的钟表，大家都全然不知。

正看到此处，一同值日的同学喊了郑晨一声，招呼他去外面打扫，他愣了一下，然后回过神来，答应了一声，随即把本子塞进自己课桌里。

郑晨转身离开了教室，与同学去打扫公共区域，但脑子完全被刚才记事本上的内容占据了。他一边漫不经心地扫着地，一边回想刚才看到的内容。这里面写的东西真是太……怎么说呢，像小说一样。

月食之夜，月亮消失于夜空，教室里的时间停滞不前，后来到底发生了什么，还有那个写下这些文字的学长，他们经历了什么，郑晨现在真的很想赶紧回到教室，把记事本上的内容读完。

好不容易打扫完卫生，刚放下手里的扫帚，又到了食堂开饭的时候了。郑晨托好友帮他打了饭，准备自己待在教室里，继续看记事本上的内容。但还没等他坐下来，物理老师走进教室，见只有他一人，便叫住他，让他帮忙做点事。

郑晨无奈地跟着物理老师到了办公室，对方让他帮忙录一下上次考试的成绩。郑晨虽然不是物理课代表，但物理成绩一直很好，加上本来对物理也比较感兴趣，平时看过不少科普书籍，也常找物理老师闲聊一些物理方面的东西，大家关系也挺不错，所以即便教室里不是只有他一人，估计物理老师也会让他来帮忙。

因为是教师的系统，上面有每个同学的学号姓名班级等信息，郑晨在电脑上把这次考试成绩按名字一个个录进系统。弄了大概半个小时，总算是搞定了，他抬头本想告诉老师一声，但对方已经去忙别的事了。因为是吃晚饭的时间，办公室里便只剩下他一人。

他站起来本想赶紧回教室去，但突然脑子一转，想起记事本上那个学长的名字，高一三班关哲。郑晨随即坐下，想在档案系统里查阅一下。

输入关哲的名字，郑晨想看看这位学长是哪届的学生，还有一件他十分在意的事，记事本上只写了月食发生的日期，没有写年代，他想知道，如果上面写的事是真事，那是哪一年发生的？

但让人意外的是，系统虽然显示有三个搜索结果，98届一班、05届四班、11届七班各有一个人叫这个名字，但没有一个是三班的。也就是说，不应该有人留下“高一三班关哲”这样的签名。

郑晨越想越糊涂，然后他脑子一转，随即点开网页，搜索“月食时间表”。然后他顺着日期，依次往下看月全食发生的时间，他想看看，以往发生在10月8日的月全食是哪一年。

直到他看到“2014年10月8日，月全食，初亏时刻17点08分，复圆时刻20点36分”。

郑晨先是一愣，脑子一时没反应过来，等他意识到这个日期的时候，一阵凉意顺着脖子直往头顶上钻，头皮猛地一阵发麻。

按时间表上看，过去二十年来，在10月8日出现月全食的年代，只有2014这一年。而今天，是2014年9月26日。

也就是说，记事本上描述的事情，竟然还没有来到。

简直让人匪夷所思。

一个并不存在的人，写下了还未发生的事，要么是个恶作剧，要么只能是……只能是什么呢，郑晨想不出来，他赶紧推开椅子，朝教室跑去，他想看完记事本上的内容，想知道到底这个叫关哲的人在月食之夜经历了什么。

好友替郑晨打的饭早就搁在他的课桌上了，饭菜已经有些凉了，但郑晨根本没有在意，他把记事本从课桌里抽出来，一边胡乱地扒着饭，一边翻开本子，继续往下看。

不知道时间过了多久，教室里的同学依旧三五成群地聊着天，渐渐地有人开始抱怨没有手机信号。接着又有人说自己的电子表好像坏了。看来大家都开始发觉有什么异常了。

教室里的十几个人开始聚到一起，大家七嘴八舌地议论起来，有人往窗外看出去，说外面都停电了，也许是这个片区电缆出了问题，电信基站受到影响。至于时间的事情，大家还没讨论，估计谁也不会朝“时间已经结束”这个方向去想，不可能会这样去想，我也是后来才意识到这一点的。这点尤其重要！

为什么这篇文字反复提到"时间已经结束"？郑晨挠了挠脑袋，他从自己记忆里仅有的一些关于物理的知识里收索信息，但一无所获。而且笔者说了，"这点尤其重要"。

此时，又有好几个同学失去了耐心，看来电力一时半会儿是供应不上来了，他们也开始收拾书包，准备离开。然而没等他们走出教室，刚才离开的那位同学，挎着书包，埋着头从门外走了回来。

他抬起头，看着我们，脸上有一副说不出的表情，然后用手捂着脑袋。

同学们问他怎么又回来了，他摇了摇头，没有回答。准备离开的几个人又追问了几句，他只是说让他想想，说完便拉了个凳子坐下，随即不再作声。这样反常的回应显然让大家有些着急了，十几个人都围在他身边，有两个同学索性朝门外走去，想亲自看看外面的情况。

又过了一阵，最先走出去又回来的那人仍旧一言不发，而后面离开的两个同学也回到了教室。他们脸上的表情，显然跟第一个人一样，充满了疑惑，还带着一种惊恐。

"门后面还有一个教室，和我们这个教室一模一样的教室，里面也有和这里一样的一群人……"第一个同学终于开口了，大家听他这么一说，先是一片沉寂，然后都抬头看了看刚刚回来的两个同学，他们虽然没有直接回答，但脸上的表情说明那位同学说的是事实。

胆小的女生发出一阵尖叫，显然这个诡异的回答让所有人都头皮发麻，有些闪烁的昏暗灯光让教室里散发出恐惧的气氛。

这时有两个胆大的男生摆了摆手，说根本不相信他们的话，是他们合伙在做恶作剧，虽然今晚的气氛很适合讲鬼故事，但这样的蹩脚情节很容易被揭穿。他们随即走出门去，要证实对方说的假话。

然而几分钟后，他们带着同样的神色回到了教室。

其他同学纷纷围过去，问他们情况。但他们中有人点头，又有人摇头。大家开始沉不住气了，纷纷追问那几个离开后又回来的同学，外面到底发生了什么，他们为什么不能实话实说。

就在这时，有位同学沉思了一下说道："也许并不是他们不想实话实说，也许他们只是……只是不知道怎么描述自己的所见所闻。"

说话的这位同学是大家公认的高智商学生，大家都不再说话，转头看着他，希望听他分析一下眼前的状况。他咽了一口唾沫，接着说道："为什么他们几个离开后又回来的人会觉得惊恐，但又不能表达自己所见到的情况有什么不妥？为什么第一个走出去的人会说出还有一个一模一样教室的话？我觉得关键在于从他们的角度去看，经历了什么。我问下你们，你们是不是感觉自己不是这个教室里的人？"说完他看了一眼刚才离开过的那些人。他们愣了一下，然后点了点头。

“这就没错了，你们来自门后面那个教室对吧，你们推开教室的门，然后看到了我们，发现我们这个教室和你们原来那个教室一模一样，虽然我们这些人你们也认识，教室也是熟悉的教室，但当你们本能地觉得我们是另一个教室的另一群人。所以你们感到惊恐，但又表达不出其中有什么不妥之处，我说得没错吧。”高智商的同学说。

那几个同学无奈地点了点头。

这下整个人群喧闹起来了，纷纷询问，这么说门外确实有另一个教室了？里面有和我们一样的一群人？

“并非如此，”高智商的同学摇了摇头，“只是一个错觉，你们想想，对于走出门的同学来说，的确像是走到了一个一模一样的教室里，但对于我们一直身处这个教室的人看来，是怎样的？”

“是他们离开了教室，几分钟后又回来了。”有人附和道。

“对，所以事实是，他们离开了教室，然后又回到了教室，教室没有变，变的是时间，教室的门连接的不是另一个教室，而是同一个教室几分钟后的时空而已。也就是说，离开教室的人，会回到几分钟后的教室来，教室仅此一个。但对于他们来说，就像是直接走进了另一个一模一样的教室。”

这样的解释让大家都不知道用什么样的心情来接受，虽然不会存在一模一样的教室、一群一模一样的人这样恐怖诡异的情况，但眼前的现状却依旧虚幻得让人觉得诡异，按高智商同学的推论，也就是说，我们，现在，已经被困在这个教室无法离开，一个时空形式的牢笼，即便推门出去，也会回到几分钟后的教室。而且，如我之前所说，这个几分钟只是大家感受上的几分钟，这里没有可以计时的工具，时间已经结束，只是现在大家还没有意识到这一点。

不仅如此，更为恐怖的情节还在后面，仅仅是无法逃脱的孤岛一般的教室还不足以描述这诡异的一夜，无法通过教室的门离开，只是这个时空孤岛的其中一个法则，当我们意识到这个房间里另一个法则的时候，已经有人成了牺牲品。

就在无人注意的时候，有人“被消失”了。

郑晨看到这里，一滴汗水顺着脸颊滴在了纸上，他竟然丝毫没有察觉，记事本里描述的事件写得很详细，细节和对话都尽可能地明确，这样的文字更让这个故事显得真实。如果只是笔者无端地想搞出一个恶作剧而胡思乱想地写，也太过认真了，如此费尽心机去创造一个甚至未必被人发现的恶作剧，可能性很低。

除此之外，还有一件事让郑晨有些在意，即便是如此详细的描写，文字里并没有出现任何人的名字，除了记事本开头留下的主人姓名，整个文字里没有一个姓名出现。

为何不写下经历了这些事的人的名字？

桌上的饭菜早就凉透了，还有大半没有吃完，郑晨顾不得这些，继续咬着指甲往下看。

当我们意识到有人从这个教室消失的时候，开始只是以为又有人不相信从教室的门无法走出去，要自己亲自尝试一下，但过了一段时间，不见的人并没有回来。

大家开始清点人数，的的确确是少了两位同学，没有人看到他们走出教室的门，仿佛在我们都没有看到他们的时候，他们两人便这样凭空消失了。

恐惧一下弥漫在整个房间，就在众人心神不宁的时候，又有一人从大家的视线外消失不见了。

同学们开始相互核对，有没有人亲眼看见他们从存在到消失的过程，结果是没有。仿佛当所有人都没有注意的时候，这几个人便突然嗖地一下，消失于房间里。这些人的书包都还在教室里，其中有人挂在椅子上的外套也没有移动。但人已经实实在在地不存在了。

疑惑还有惊慌的气氛包裹着每一个人，大家心里也许十分矛盾，难道有一种方式可以离开这里？如果只是离开了，那也许是好事，但没人能肯定他们是离开了。如果既没有离开教室，又不见了，那他们还活着吗？没人能确认，但谁也不愿意就这么突然消失掉。

大家开始紧紧地聚集到一团，并询问高智商的那位同学，如何解释现在发生的一切。

“无法解释，”他推了下鼻梁上有着厚厚镜片的眼镜，看得出，他虽然保持着镇静，但鬓角渗出的汗水难以掩饰内心的紧张，“但我有个猜测，仅仅是猜测……如果有人处于没有第二人看到他的情形下，他便会……消失……”

话一出口，所有人都沉默了起来，大家用眼光不停地看着每一个人，而身体也不自觉地往人群里靠了靠。如果这话是真的，那每个人肯定想的是，自己绝对不能在别人的视线之外，毕竟消失是不是等于逃离了这个房间，谁也不能确定。

但这就是孤岛教室的第二条法则，被无视之人会凭空消失。

我们就这样被困在此处，这里诡异且恐怖，有着匪夷所思的法则，并且时间已经死亡。我曾有过一丝念头，是否后悔当时留在教室，如果我和别的同学一样下课后离开，是不是不用经历这一切？但我猜测，只是猜测，如果我的推论属实，那留在教室经历“时间的末日”，是幸运的。我无法获知教室以外的世界变成了怎样，正如我无法知道消失的同学是生是死，但与其不能确定自己的生死，我宁愿能看见逃生的希望，即便此刻已危机四伏。

在掌握了两条孤岛教室的法则之后，大家至少暂时保持了安全，众人围成一圈，尽量让每个人能看到的同学足够多，避免有人离开所有人的视线而消失掉。

虽然如此，但这远远不够，就像我开始说的那样，仅仅是这样，并不能解决逃离的问题。

直到我们发现这个房间的最后一条法则，这是逃离教室唯一的希望，这法则便是——每当有一个人消失之后……

记事本上的文字写到此处，刚好写完了一页，但郑晨把眼光移动到下一页时，却发现空白一片，再往后翻，则再没有文字了。

郑晨心里突然一紧，细细地看了看最后一篇，发现纸页被人用刀裁掉了，自己刚才看得太过出神，竟没发现后面已经是空白。

是谁？脑子里第一时间跳出这个疑问。郑晨回忆开始拿到这个记事本的时候，自己是划拨了一遍内页的，当时没有注意是否有被人裁剪的迹象。难道说一开始这页纸就被人裁了吗，但感觉又不像，即便当时没有注意到裁剪的痕迹，但现在文字的页数明显比记忆中要少。他记得很清楚，密密麻麻的字迹，大概写了三分之一本记事本，怎说也有二三十页，而自己看过的页数，只有十页左右。

如果真是如此，那便是有人在自己离开教室这段时间动的手脚。

太奇怪了，谁会对这本几乎被人忘记的本子感兴趣呢，不仅从我课桌里拿出来看，还小心地用刀裁掉纸页，怎么想都让人难以理解。如果仅仅是不愿意让我看到里面的内容，为何不索性把整个本子拿走？

整个晚课的时间里，郑晨几乎都没认真听讲，他已经完全被这个记事本的内容，以及与之相关的事吸引住了。也许换个人遇到这些事，不会太认真，可能会想这只是某人无聊写的小说，关哲只是某个人的笔名，还有那些被裁剪的部分，也可能是自己记错了，当初拿到本子的时候就是如此，等等。但郑晨不同，他有时候很认真，这些细小的事，如果泛泛而论，很容易被忽视，但如果认真地把线索理出来，的确是难以解释且匪夷所思的。

比如记事本被人裁剪后掉落在地上的一条细小的碎片。因为划刀的时候可能因为第一次太轻，所以划了两次，而两次又不可能在同一条线上，所以很容易形成细小的纸条碎片。而郑晨在地上找到的这一条碎片，虽然极不起眼，但证明了一件事，这本子的确是刚刚被人裁剪掉的。

至于为什么有人非得裁剪掉记事本后面的部分，郑晨不得而知，如果要寻找出这个人，想必得费一番不小的工夫，但即便如此，也不一定能证实记事本上所写内容的真实性。

所以，还有一种简单的办法可以寻找答案。郑晨默默地在心里念道：10月8日，月全食之夜……

是的，假如今天在自己身上发生的这些事都有关联，记事本、月食、孤岛教室，那10月8日这一晚，便能验证这一切。如果一切如常，则不论记事本写得如何，于自己来说也只是个有趣的小说，而且关于被裁剪的笔记本，也没有什么值得再深究的价值。但如果真的有所不同……

郑晨突然被自己的想法搞得有些紧张，也许只是杞人忧天，也可能有一些因为好奇而产生的兴奋，总之心情有些难以平复。

晚上回到家，他躺在椅子上，一边重新翻阅记事本，一边思索着关于记事本上提到的孤岛教室法则。第一条，教室是一个时空孤岛，从教室的门出去，会回到一段时间后的教室。第二条，被无视之人将会消失。第三条，也就是最重要一条，记事本这部分被人偷走，但笔者不止一次提到“时间已经结束”，而且教室里所有能计时的物品都把时间定在7点24分，然后便不再走动。还有，笔记最后一段，郑晨翻阅到记事本最后，看着最后一句话，“每当有一个人消失之后……”所以第三条法则，应该是与时间、教室里的人消失后环境的变化有关。

想到这里，郑晨合上记事本，闭上眼，不知为何，他心里隐隐约约觉得，月食之夜无法避免即将来到，而自己不知道是否应该庆幸从书架上抽出了这本记事本。是祸是福，无人知晓。

国庆假期很快就结束了，回到学校的第一天，便是10月8日，而这一天，月食将降临。

郑晨并没有告知任何人关于记事本的事，还不是讨论的时候，他心里清楚，提前掌握一些信息，可能会在关键时候，有着决定性的意义。但另一方面，他也十分清楚，还有一人掌握了更多的信息，而这人很可能就在自己班里。

一天的课过得不算快，相反，因为心里有牵挂，反而有点度日如年的味道。

下午5点15分，郑晨看了一下表，然后他望了下窗外，月食已经开始，但天空依旧很亮，月亮在天空中很不显眼，只有淡淡如同透明的贴纸一样的影像。

6点50分左右，晚课刚上了快一半，外面的天已经完全黑了下来，而月亮只剩下一丝月牙了。

就在这时，不知道谁小声地喊了一声："快看，红月亮出来了！"

坐在窗边的同学纷纷把头扭向窗外，郑晨也赶紧转头去看。果然，一轮血红的圆盘挂在天空，那样子说有些新奇，不如说有些瘆人，这让郑晨联想到血红的眼珠。

这次的月全食与以往有些不同，在月亮被完全遮蔽的时候，有部分光线会从地球的大气层折射到月球上，这部分光线以红色光谱为主，所以月亮看起来是血红的颜色。但再过一会儿，月亮就会完全被遮蔽，进入"食甚"状态，这个时候，便完全看不见月亮了。

上晚课的老师招呼同学们安静下来，然后继续讲课，很快，大家的注意力渐渐从窗外转移了回来。又过了一阵，郑晨看了下表，7点14分，此时红色的月亮已经完全消失了，月亮完完全全地藏进了阴影之中，天空一片漆黑。还有一分钟晚课便会结束，大部分同学都会回家了。而十分钟后的7点24分，不，准确地说，根据之前查的月食时间表，是7点24分30秒，月光会再次从阴影中照射出来，当然，如果一切都没有异常的话。

下课铃响起，要回家的同学飞快地收拾着书包，没几分钟，教室里就只剩下十来个人了。

郑晨不知道是兴奋还是紧张，身子有些微微发颤，弯曲的腿不停地抖着，他双手撑在书桌上，闭着眼睛静静地等待着什么发生。

这时，教室的灯闪了一下，随即整个房间陷入了黑暗，教室里的同学发出一阵阵惊呼声。郑晨心里一紧，果真停电了。

郑晨脑子里突然跳出来一个念头——逃出去吧。万一教室里真的发生了什么怎么办？但这念头很快被否定了。直觉告诉他，不能逃。如果教室里像记事本上所说发生了奇怪的事，那教室外又发生了什么？笔者也无法知晓，但笔者写过“时间已经结束”，就郑晨读过的那些有关时间的物理科普书籍来看，时间结束往往意味着死亡。是的，如果时间结束，教室也许才是唯一的避难所，这一点不仅郑晨知道，裁走纸页的另一个人也知道，不，也许他知道得更多。他肯定看过了后面的文字，关于第三条法则，对方肯定了然于心，他一定也留在教室里，也许那人知道，此处才是逃避“时间末日”这场浩劫的唯一孤岛。

郑晨仍然闭着眼保持着先前的姿势坐在位置上。又过了一会儿，应急灯亮起，同学们开始纷纷议论起来，有人开始收拾书包准备离去。

这时，郑晨睁开了眼，他没有第一时间去看黑板上的时钟，也没有掏出手机，而是直接将目光投向了窗外。那里没有云朵，闪烁的星星点缀着黑幕，而这巨大的幕布上，独独缺少了唯一的主角，月亮没有出现，它消失在夜空。月食吞噬了的不仅是月亮，还有时间，黑板上的钟一动不动，时间停止在7点

24分15秒。

郑晨默默地数了下人数，加上自己一共是17个人。他站起身来，找了个人比较集中的位置坐下，他明白，尽量在有人能看到的地方才是安全的。

接下来的一切，如同之前记事本上所描写的那样，离开的同学过了一阵从教室门走了进来，脸上一副古怪且难以形容的表情。

在众人的询问中，他支支吾吾地答道："门后面还有一个一模一样的教室……"

异样的气氛开始在人群里弥漫开来，郑晨虽然早有了心理准备，但当这一幕发生的时候，身临其境的恐惧感还是油然而生。

但他必须保持冷静，他不仅要接受已经发生的一切，他还得沉住气细细观察，这17个人里面，除了自己，应该还有一人明白这里即将发生什么。

借着昏暗的应急灯光，郑晨把每个人的表情都快速地扫过一遍，虽然不能确定那人是不是会装出一副害怕的表情，但保持镇静的人也有几个。

当大家明白了教室已经被时空枷锁封闭以后，每个人的神色里都透露出一丝恐惧，一开始的沉默之后，便七嘴八舌议论开来，场面一时有些混乱。

"有人不见了！"教室里突然有同学喊了起来，这让原本就恐惧的众人更加害怕起来，一直吵嚷着的同学也不说话了，整个房间又归于一片寂静。

同样，人群里有一位比较冷静的同学，一边和大家分析着情况，一边想着对策。当大家总结出第二条法则时，每个人的心里几乎都要崩溃了。大家不仅是对从未经历的现状害怕，更多的是害怕自己“被消失”。

有人建议大家围成一个圈，首先要避免有人因为离开了众人的视线而消失。大家很快围在了一起，虽然心里害怕，但无论如何必须得做些什么。但圈子围成之后，虽然没再有人消失，但下一步该怎么做，无人能给出答案。

就这样又过了一段时间，虽然有人一直在讨论办法，但除了明白手机没有信号，时间已经停止之外，再加上孤岛教室的前两条法则，似乎一切都没有进展。大家流露出越来越多的沮丧和绝望情绪，甚至有脆弱的女生一直蹲在地上哭。

郑晨快速转头看了一眼墙上的时钟，时间依旧没有变化。然后他赶紧扭过头来，避免有人因为他的原因消失。

但就在他刚转过头来的一瞬间，他突然意识到什么不对。

他又回过头去看了一眼时钟，果然，上面的指针并非和刚才一模一样，有了一丝微小的差别。时钟的秒针移动了，现在的时间是7点24分18秒。比之前快了3秒！

什么时候动的？郑晨感觉自己的心跳疯狂地加速起来，他明白这细微的差别绝对不是小事，这很可能与最后一条法则有关。

会是什么？他一边飞快地思索，一边观察着眼前的每一个人。难道说……

就在郑晨的眼光扫过对面人群的时候，正对面的那个人的视线突然和他交错了一下，一瞬间，他仿佛看见对方嘴角露出一丝难以察觉的微笑，这人像是看透了他的想法。

郑晨一下子产生一种强烈的感觉，就是他，站在他对面的这个人，他就是偷取纸页的人！

“我明白了！”突然，人群里有人喊道，“我明白怎么逃出去了！”

说话的正是这个人，他做出一副兴奋的样子说道：“其实那些消失的人根本不是不见了，他们是被传送出了这个空间，这就是一个逆向思维的过程！第二条法则根本就是用来逃生的！如果逃开众人的视线，就可以从房间消失，从这里逃出去，回到外面正常的世界去！”

郑晨心里一惊，他没想到对方会这样说，虽然他不知道消失是否真的可以逃离，但他隐隐觉得有什么不对。为什么他没有提到时间被推动了这个事实？如果这个房间只有三个法则，那最后一个法则必然应该和时间有关，墙上的时钟明显是移动了。

“胡说！”人群里有人反驳道，“没有证据说明他们逃出去了！我不相信！我只相信眼前！我才不会让自己消失！”说话的人显然还有理智，没有被那人的言论冲昏了头。

郑晨看了眼对面那人，那人并不急于为自己开脱，只是摇了摇头，继续说：“你们想想，如果这个教室还有一个法则，那就是最后留在教室里的人会永远地被困在这里，那该怎么办？”说完他又露出一丝邪恶的笑容。

这一说法果然很奏效，大家都沉默了，每个人心里估计都在盘算这人说的这番话，人群里开始形成一种古怪的气氛，每个人的眼神都变得有些异样。

大家依旧站在原地没有动，这情有可原，没人愿意冒险用消失的方式来换取逃脱的机会，但显然大家又不能忽视这个人说的这种假设。如果真是这样，那么先逃出去的人就可以避免被永远地困在此处，但是假如自己不愿意冒险，又不愿意有人比自己先逃出去，应该怎么做？答案就是尽量盯着大家，防止有人利用课桌和别人做遮挡，然后躲起来消失掉。

教室里的人开始僵持起来，谁也不敢动，谁也不移开视线，每个人的眼里都透着一种近乎动物本能的目光。

然而这僵持很快就被打破了，那个一直在哭泣的女孩站了起来，她哭着说道："我受不了了，我宁愿消失，也不愿意在这种地方受折磨，我求求你们了，转过去别看我，求你们了！"她声嘶力竭地喊道。

但大家没有回答，只有女孩的好友站在她身旁安慰她，她哭得更厉害了，哭声在教室里仿佛一种魔咒，传进每个人的心里，让每个人的心情更加焦虑。

女孩突然转身往角落跑去，人群一下乱了，有几个人跟了过去，试图盯着她，不让她离开视线。女孩的好友也跑过去抱着她，两人蹲在教室的角落，紧紧地抱在一起。而身旁的其他人，没有说话，只是看着她们，这样的情景有些诡异，仿佛一群没有灵魂的躯体围着两个瘦小的人类。

“你们放过她好吗？！”女孩的好友突然站了起来，她喊着扑向前面的人群，把众人挡在自己身前，女孩赶紧找了个书桌，躲了过去，仅仅一瞬间，当众人推开女孩的好友冲过书桌时，后面已经空无一人了……

就这样，又一个人消失了。

郑晨没有犹豫，而是立刻转头看向墙上的时钟，不出所料，秒针又走了一步。

看来第三条法则已经浮出水面了，那就是每当有一个人消失，时间就会前进一秒。

但这意味着什么，这一秒的时间能带来什么呢?

就在郑晨还在思考的时候，教室里已经乱成一团。女孩的消失成为打破僵持的导火索，人群中又有更多人开始躲避别人的视线，越来越多的人失去理智，在恐惧和压力之下，他们失去了逻辑思考的能力，开始遵从于动物的本能。

一个又一个人消失了，教室里的人越来越少，而人数越少，想逃开众人的视线就越容易，死亡也就变得更加疯狂。这就像一场杀人游戏，但与之相反，每个人都想杀死自己，而每个人又在阻止别人的死亡。

没有一滴血，也没有一声惨叫，但却是一场疯狂的杀戮，一个个无声的死亡。郑晨站在人群中间，看着这一切，心里有种说不出的滋味。

然而他知道，有个人一直看着自己，他转头也盯着对方，对方没有说话，只是冲他邪恶地笑了笑。

郑晨想问对方，为什么裁掉纸页，他奇怪的不是对方为什么对记事本感兴趣，而是想知道，为什么对方不把记事本整个偷走，而是留下一些线索让自己看到，让自己掌握其中的两条法则，到底对方在打什么算盘。还有，最为关键的一点，虽然已经明白了第三条法则的内容，但这意味着什么，时间的前进能带来什么？这些信息，想必对方是了然于心的。

但郑晨没有开口，他想静观其变，想看看对方到底要如何做。

一眨眼的工夫，教室里只剩下寥寥几个人了，这几个人都没有动，没有躲也没有追逐那些试图躲避的人，仿佛都看清了形势，任由那些失去理智的人自相残杀。

现在是7点24分28秒，教室里还剩下四个人。四个人围成一个小圈，有人站着，有人坐着，相互看着对方，都没有说话。

郑晨默默算了下人数，还有此刻的时间，就在这时，一丝念头像突然破土而出的种子，滋生出一丝希望。

每当有一个人消失，时间便会前进一秒，教室里已经消失了十三人，而时间正好前进了十三秒，如果自己没记错的话，月亮出现的时间应该是7点24分30秒……

他一下明白了，也就是说，如果越过了24分30秒的临界点，当月亮逃离月食的阴影时，也许就意味着孤岛教室的结束。

郑晨不由自主地看了一眼那个偷走书页的人，而对方仿佛也看出了郑晨在想什么，他冲郑晨使了个眼色。

果然没错，就是这样！逃离这个孤岛教室的方式，就是让更多的人消失，也许只有消失之人通过自身湮灭产生能量，才能推动时间的前进！而时间的前进一旦越过临界点，才可能发生奇迹。

现在是28秒，还需要再消失两个人……

郑晨这下知道了，对方是在暗示自己，和他一起配合，除掉教室里剩下的这两个人。

这简直太疯狂了。

郑晨感觉自己的心脏像要炸掉一样疯狂地跳动着，手心里全是汗水。他突然意识到，这人偷走自己的本子但留下一部分内容的意义。因为这个房间不可能最终只剩一个人，如果只剩下一人，那这人便会处于无人观察的状态，最后这人也只有湮灭并消失掉。所以他必须留下一人与他配合，两人可以完美地破解这个难题，而且两人只要相互看到对方，不论场面多么混乱，都可以保证自己不会消失。

就在此刻，郑晨突然看到其余两人没有相互盯着彼此，他立刻转头看了下那个盗走书页的人，对方冲他一点头，两人迅速转过身去，就在一瞬间，身后的那两人便有一人消失了。而剩下的一人，也因为看他的人消失不见，而郑晨他们都没有再看着他，马上便消失了。

郑晨只听见身后的人发出一声绝望的嘶喊，而这嘶喊声几乎是被拦腰斩断一样，声音的后半部分被生生地吞噬进了虚无。连同这部分声音一起，那人也消失不见了。

“看来一切都很顺利。”盗走书页的人终于开口了，他对郑晨说道，“也许我们是幸运的，能够最后留下来并逃离出时间的末日。”

“为什么我们会被困在这里，时间末日又是什么？”郑晨喘着气看着对方问道，“那本记事本，后面还写了什么？”

“后面除了第三条法则以外，没有值得一提的东西，笔记的结尾并没有说出记事者逃离后的情况，想必他也已经消失在教室里。”

“也就是说，记事本里并没有说时间到达月亮出来的那一刻，一切可以复原，教室可以逃出，世界将变回原样？”郑晨隐隐觉得有些不安。

“是的，所有的可能只是笔者的猜测，毕竟他没有走到最后……”

郑晨摇了摇头，不再说话。

空荡荡的教室里灯光依旧昏暗，电仍然没有来，两人沉默着，等待着周围情况的变化。然而，事情好像并未按他们预想的那样进展。

郑晨用余光看了一下墙上的时钟，24分30秒，不偏不倚，他又瞟了一眼窗外，但外面一片漆黑，月亮仍旧没有出现。

对方显然也发觉了这一点，他的表情渐渐紧张起来，好像这一切并不如他之前所料。

“看来预料的结局并没有发生……”郑晨皱着眉头，冲对方说道，“现在怎么办，只剩下我们两人，任何一人消失都意味着另一个人的死亡，时间已经越过了临界点，但孤岛教室还没有打开……”

“不，也许时间并没有越过临界点……”对方咬着嘴唇，好像拼命在想着什么。

并没有越过临界点？郑晨心里一紧，立刻意识到对方说的是什么意思。

也许月亮出现的准确时间是30秒到31秒之间，而现在的时刻是刚好30秒，难道说还有不到半秒的差距？

这如何是好，现在已经没有一个多余的人可以消失了，假如有一人消失，时间也许会越过临界点，但另一个人与此同时也会消失不见。

这是一个无解的题……也许记事本上那个人也是在这最后一步失去机会的。

应该还有办法，不可能无解，一定有一个方式可以完美地解密这个教室。郑晨与那人相互看着对方，但彼此心里都在盘算，此刻不能有丝毫的犹豫和差错，也许最后的机会就在一瞬间。

郑晨突然意识到，三个法则，现在只利用了其中的两个！被无视之人将会消失，消失之人会转换成时间，但第一个法则，教室的门可以通向一段时间后的教室，这条法则一直没有用到。

怎么用？！两人一起穿过教室的门？但没用，最后还是会回到教室，没有人消失，自然没有能量被释放，时间就不会前进。

难道说……

郑晨感觉自己喘得相当厉害，心脏敲击胸腔的声音震动着耳膜，手臂一直在无意识地颤抖，而意识已经有些模糊。

但他已经找到了方法，他挪动着自己的脚步，看起来好像是因为焦虑而踱步，但身子一点点往教室的门靠过去。

就在对方发觉他的意图的一瞬间，他快速倒退着往教室的门上撞去，他看到对方狰狞地朝自己冲过来，几乎是要跳起来抓住他，而他反手推开门，脚下用力一蹬，整个人一下仰倒摔出了门。

这是一次赌博，因为穿过教室之门的人，要过一段时间才会再回到教室，而留在教室里的那个人，将会马上消失。当自己再次回到教室时，时间也许已经越过了临界点……

他感觉身子重重地摔在地上，这让他脑子出现一片空白，他闭紧了眼，直到意识再次清醒。而当他睁开眼时，看见的是教室的天花板上日光灯管明亮的白光。

他捂着头站了起来，看了看教室里杂乱的书桌和四处散落的书本，大脑的意识仿佛出现断档，刚才的一幕好像都是梦境。而此刻，无人的教室，空荡荡的只剩他一人。

他揉了揉太阳穴，然后走向窗边，此刻窗外的天空已经露出月牙，他仿佛能看出时间流动一般静静地看着月亮由亏转盈的过程，他清楚地明白，自己现在所在的世界，这里有着生机勃勃的时间。

他突然意识到那个记事本上为何没有出现任何一个人的名字，因为此时的他才发觉所有他熟悉的那些人，他们的名字，全都消失在脑海之中。

包括他自己的名字。

他脑子里浮现出很多新名字，以及一些全新的人物，他的同学、老师，甚至亲人，这些鲜活的人物出现在记忆里，而自己，在这个全新的世界留存了下来。

这时他终于明白，当时间末日到来之时，那个世界的一切都已经死亡，而幸运的自己，也或者说不幸的自己，跨越了时间的终点，进入了这个完全不同的世界。

现在的我究竟是谁?

书桌还在原处，他走了过去，自己的课本和笔记都躺在里面，他抽出其中一本，打开内页，一行签名浮现在眼前：

高一三班 关哲

他长长地舒了口气，合上书页，然后提起书包，推开教室的门，朝外面的世界走去。